DÉPOT LÉGAL
18-
53

ESSAIS

DE

POÉSIES

SUR DIVERS SUJETS,

Par L. A.***, de Carcassonne.

Cet ouvrage se vend au Profit des Pauvres.

Prix : 2 francs.

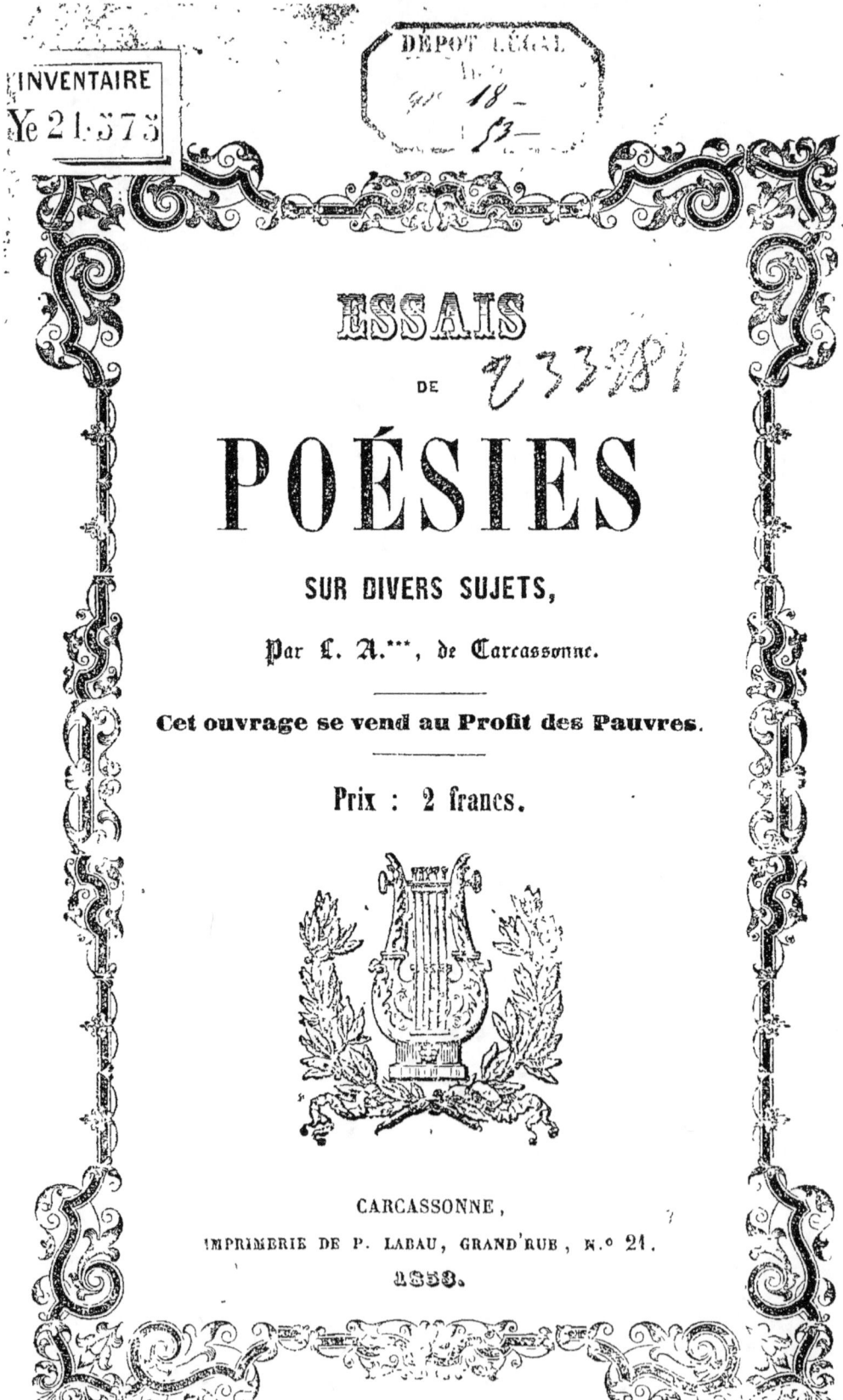

CARCASSONNE,
IMPRIMERIE DE P. LABAU, GRAND'RUE, N.º 21.
1858.

Essais de Poésies.

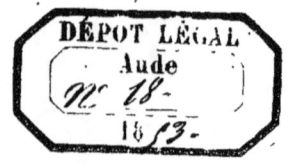
ESSAIS

DE

POÉSIES

SUR DIVERS SUJETS,

Par L. A.***, de Carcassonne.

CARCASSONNE,
IMPRIMERIE DE P. LABAU, GRAND'RUE, 21.
1853.

INTRODUCTION.

Ma lyre ne se plait qu'au milieu des cyprès !
Elle aime à résonner sous leur ombrage épais.
De ce monde trompeur dédaignant l'allégresse,
Et murmurant toujours les chants de la tristesse,
Elle peignit, tantôt un jeune homme expirant
      Dans les bras de sa mère ;
Tantôt elle montra Mélanie exhalant
      Une douleur amère,
Sur un tombeau sacré, digne objet de ses pleurs ;
Et là, de l'orphelin retraça les douleurs,
      L'abattement et la misère !...

1

. . . .

Quelquefois, elle osa, même avec Jérémie,
        Soupirer ses douleurs;
Des enfants de Juda, chassés de leur patrie,
        Déplorer les malheurs;
Et souvent, répandant des guirlandes de fleurs
        Sur un drap mortuaire,
Elle exhala mon cœur de tristesse abattu !...

PREMIÈRE PARTIE.

Les Regrets du Conscrit.

A peine au sortir de l'enfance,
Je vais te quitter, ô Quillan !
Adieu, pays, pays charmant,
Adieu ! de te revoir je n'ai plus l'espérance !

Je vais quitter ma tendre mère,
Ma mère, elle qui m'aime tant !
Elle qui me disait souvent :
« Sans toi, mon fils, la vie est pour moi bien amère ! »

Je vais abandonner mon père,
Noble vieillard aux cheveux blancs !
Quel sort ! Et pourquoi les enfants
Sont-ils forcés d'aller dans la terre étrangère ?

Et vous, amis de mon jeune âge,
Je vais vous quitter! quel malheur!
Mes chers amis, tout mon bonheur
S'enfuit en vous quittant, comme un léger nuage!

Adieu donc, collines charmantes,
Riants coteaux, où le chasseur
Souvent poursuit avec ardeur
Les perdreaux effrayés et les grives tremblantes!

Adieu, forêts majestueuses,
Arbres géants qui, dans les airs,
Comme pour braver les éclairs,
Levez altièrement vos têtes orgueilleuses!

Mais en partant, ô ma patrie,
Séjour de paix, lieu de bonheur,
Quillan, je te laisse mon cœur!
Toujours à toi mon cœur, ô ma ville chérie!...

Le Naufrage.

« Tu viendras bientôt, je l'espère ;
   Bientôt tu seras parmi nous ;
   Tu viendras, ma mère, ma mère !
   Oh ! que mon destin sera doux ! »

Bondissante de joie, heureuse d'espérance,
Au lever de l'aurore, Anaïs chaque jour
Montait sur un rocher, et vers la mer immense
Fixant l'œil, de sa mère attendait le retour.

   Un matin sur l'onde paisible,
   Un point commence à se mouvoir,
   Sombre, indécis, presqu'invisible ;
   Anaïs seule peut le voir.

Cependant il augmente, on le voit, il s'avance ;
C'est le vaisseau chéri, l'on n'en peut plus douter ;
Tous les cœurs sont remplis d'une douce espérance ;
La joyeuse Anaïs reste sur le rocher.

Mais tout-à-coup l'onde agitée
Murmure, gronde avec fureur ;
Une nue épaisse, embrasée,
Dans l'âme imprime la terreur.

Le vaisseau retentit de cris tristes, funèbres ;
Le rivage répond par un gémissement ;
Le ciel bientôt se couvre, et d'épaisses ténèbres
Dérobent aux mortels le vaste firmament.

Le vent siffle avec violence,
La foudre gronde dans les airs ;
Un flot amoncelé s'avance...
Du vaisseau les flancs sont ouverts !...

La tremblante Anaïs, éperdue, éplorée,
Et poussant vers le Ciel de lamentables cris,
A perdu tout espoir... La carène est brisée,
Et du vaisseau déjà flottent tous les débris.

Maîs à la lueur incertaine
Des éclairs vifs et répétés ,
Une femme lutte avec peine
Contre les flots précipités.

De la jeune Anaïs c'était la tendre mère ,
Que la vague en courroux lance contre un rocher...
Hélas ! le lendemain dans l'enclos funéraire ,
Et la mère et l'enfant venaient se reposer !

Regrets et Consolation.

« Le vent souffle, la feuille tombe ;
Tout gémit, tout est désolé !
Et moi, si jeune encor, dans une noire tombe,
Bientôt, demain peut-être, hélas ! je descendrai.

» Mourir au printemps de la vie !
Mourir ! et je n'ai pas vingt ans !
Mourir seul, inconnu, sans qu'une voix amie
Vienne me consoler dans mes derniers moments !

» Oh ! quelle affreuse destinée !
Loin de moi s'envole l'espoir...
La rose vit un jour avant d'être fanée,
Et je ne puis comme elle arriver jusqu'au soir !

» Mais pourquoi regretter la vie ,
Où tous les jours sont nébuleux ?
Oh ! ce monde n'est pas pour nous une patrie !
Ce n'est qu'un lieu d'exil où l'homme est malheureux.

» Et que faire sur cette terre ,
Séjour du vice triomphant ?
Où la vertu ne peut briller de sa lumière ,
Où le juste est souvent victime du méchant.

» Ah ! mourons dans notre innocence
Et dans notre simplicité !
Que désormais mes vœux, toute mon espérance ,
Se portent vers le Ciel, pour lequel je suis né !... »

CLORIS.

Je vis Cloris à son heure dernière ;
Son triste état vivement me toucha ;
Pâle et livide, elle ouvrit la paupière,
Puis expira.

Elle expira malgré ses vertus, son jeune âge ;
L'impitoyable Mort, insensible aux attraits
De la douce Cloris, la perça dans sa rage
Du plus terrible de ses traits.

Elle n'est plus, cependant son image
Vivra toujours dans notre souvenir ;
A sa vertu nous rendrons tous hommage
Par un soupir.

Et moi qu'elle honora toujours comme son père,
Chaque jour sur sa tombe, on me voit déposer
Des fleurs.. Aurais-je cru qu'au bout de ma carrière,
   J'aurais encore à la pleurer !

Paraphrase du Psaume 136me

(Super flumina Babylonis , etc.)

Fleuve de Babylone, oui je me suis assis
A l'ombre des ormeaux qui couronnent tes rives ;
  Et là, mes paroles plaintives
Ont redit nos malheurs aux rochers attendris.

Là, j'ai souvent versé des larmes abondantes ;
Là, mon cœur palpitait en pensant à Sion :
  Et pour comble d'affliction,
J'ai vu périr mon fils entre mes mains tremblantes !

Hélas ! j'ai suspendu mon luth harmonieux
Aux saules verdoyants qui bordent la prairie ;
  Ah ! nos harpes n'ont plus de vie !..
Désormais plus de ris et plus de chants joyeux !

Et le vainqueur m'a dit, enflé de sa victoire :
« Chante, chante un cantique en l'honneur de Sion !
    Quoi ! déjà de ta nation
As-tu donc oublié la puissance et la gloire ? »

L'ennemi souriait en m'adressant ces mots ;
Et moi j'ai dévoré ces affronts en silence :
    Attends, ai-je dit, patience !
Un jour tes maux affreux égaleront mes maux !...

Ah ! comment pourrions-nous sur la terre étrangère,
Chanter l'hymne de joie au Dieu de l'univers ?
    Peut-on moduler des concerts,
Quand le cœur est navré d'une douleur amère ?

Que ma droite, Seigneur, reste sans mouvement ;
Que pour toujours mon œil se ferme à la lumière,
    Ou que l'enfer dans sa colère
Invente contre moi quelque nouveau tourment,

Si jamais de Sion je perdais la mémoire !
Puisse, puisse mon nom n'inspirer que l'horreur,
    Si je ne mets tout mon bonheur,
Chère Jérusalem, à parler de ta gloire !

Oh ! des enfants d'Edom, souvenez-vous, Seigneur,
Au moment où Sion, sortant de la poussière
    Et vous adressant sa prière,
Fléchira pour toujours votre juste fureur !

Souvenez-vous alors de ces peuples perfides
Qui sur nous font peser un pesant joug de fer ;
    Et qu'aussi prompte que l'éclair,
S'échappe leur splendeur de leurs mains homicides !

Car ils ont dit, Seigneur, ivres d'un fol orgueil :
« Anéantissons-la !... qu'attendons-nous encore ?
    Il faut qu'à la première aurore,
Jérusalem ne soit qu'un immense cercueil !.. »

Trois fois malheur à toi, fille de Babylone !
Heureux qui te rendra les maux que tu nous fais,
    Qui renversera tes palais
Et réduira ton peuple à demander l'aumône !

Heureux qui percera le sein de tes vieillards,
Massacrera le fils en présence du père,
    Et qui, sous les yeux de la mère,
Jettera sur l'enfant de sinistres regards !

Heureux, trois fois heureux, qui sur la pierre humide
Broira, comme un vil grain, tes jeunes nourrissons,
　　　Ou versera d'affreux poisons
Au fond de leur poitrine haletante et livide !...

A UNE MÈRE,

SUR LA MORT DE SON ENFANT.

Pleure, pleure, ô pauvre mère !
Pleure, pleure ton enfant !
Si ta douleur est amère,
Souviens-toi que Dieu l'entend.

Il est mort, ô douce mère !
Il est mort, ton jeune enfant !
Tendre fleur, fleur éphémère,
Il n'a vécu qu'un instant !

Il est mort, pieuse mère !
Il est mort, ton cher enfant !
Il vient de quitter la terre
Pour monter au firmament.

Ne pleure pas, bonne mère,
Ne pleure pas ton enfant!
Comme un ange de lumière,
Il est déjà tout brillant!

Il n'est pas mort, tendre mère,
Il n'est pas mort ton enfant!
Au ciel, près de Dieu son père,
Je le vois tout éclatant!

Réjouis-toi, sainte mère,
En pensant que ton enfant
Vient d'offrir une prière
Pour sa mère au Tout-Puissant!..

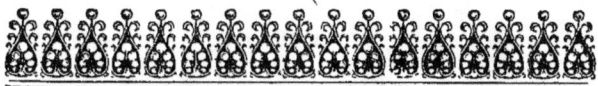

Fragments d'une Ode

SUR LES PROGRÈS DE L'INDUSTRIE AU XIXᵉ SIÈCLE.

Siècle géant, salut! devant ton auréole,
Oui, les siècles passés doivent tous s'incliner;
Et les siècles futurs, à ton illustre école,
    Viendront s'instruire et s'inspirer!

Grand était l'homme un jour, quand Dieu dans sa puissance
Souffla sur son chef-d'œuvre un souffle tout divin;
Quand il lui départit pour dot l'intelligence,
    Qui fait tout homme souverain.

Ah ! l'homme était encor plus grand , plus magnifique ;
Au suprême moment , à l'instant solennel ,
Où dans les flancs sacrés d'une Vierge pudique
　　　S'incarna le Verbe éternel !

Mais l'homme semble encore ajouter à sa gloire ,
Lorsque , par sa raison subjuguant l'univers ,
Conquérant pacifique , il veut que sa victoire
　　　Brille de lauriers toujours verts.

Car en ce monde , hélas ! toutes choses périssent ;
Les richesses ne sont qu'un futile joyau ;
Dans la main des Césars les palmes se flétrissent ,
　　　Et le plaisir traîne au tombeau !

Mais lorsque , méditant l'emploi de son génie ,
L'homme de bien désire un nom pur , immortel ,
Il ne balance point , et dit : « A l'Industrie
　　　Faisons faire un pas solennel. »

Et soudain, déployant de son intelligence
Les immenses trésors, les instincts merveilleux,
Il commande et réduit sous son obéissance
    L'océan, la terre et les cieux !

. . . .

Oh ! tu mérites bien notre reconnaissance,
Toi qui, de l'Industrie excitant les progrès,
Consacres tes travaux et ton intelligence
    A semer ainsi des bienfaits !

. . . .

Mais pourquoi m'essayer à peindre du génie
Les magiques travaux, les étonnants bienfaits?
Pourquoi donc ai-je osé parler de l'Industrie
    Et de ses immenses progrès?

Hélas ! je n'ai rien vu ! Pauvre sur cette terre ,
Je n'ai pu m'écarter loin du toit paternel ;
Inconnu j'ai vécu, je mourrai solitaire ,
    Je n'attends le bonheur qu'au ciel !...

Un Nègre

EXHORTANT SON FILS A LA RÉVOLTE.

Vivre et mourir au sein de l'esclavage,
D'un maître dur essuyer les rigueurs ;
Toujours souffrir, voilà notre partage !
Ah ! mon cher fils, il faut sécher nos pleurs !

Depuis dix ans sur la rive étrangère,
Nous voilà donc condamnés aux malheurs,
Longtemps encor jouets de la colère !...
Oh ! mon enfant, il faut sécher nos pleurs !

Chaque matin nous voyons l'hirondelle
Par ses doux chants épanouir nos cœurs;
Libre, elle chante, et nous, moins heureux qu'elle,
Nous, mon cher fils, sommes livrés aux pleurs !

Nos bras toujours seront-ils dans les chaines ,
Nos corps toujours condamnés aux douleurs?
Et le rotin , le travail et les peines
Feront-ils donc toujours couler nos pleurs?

Souffrirons-nous ce maître impitoyable ,
Monstre qui rit en affligeant nos cœurs?
Il faut qu'un jour ce tigre insatiable
Pleure d'avoir fait couler tant de pleurs !

Vois, mon enfant, ces champs, cette montagne,
La liberté si pleine de douceurs;
Vois dans les fers ta mère, ma compagne !...
Ah ! vengeons-nous, séchons, séchons nos pleurs !

Lime ces fers... cet anneau de ma chaîne
Presque brisé... Qu'entends-je? des clameurs,
Des cris joyeux... je le vois hors d'haleine,
Pâle et défait... Mon fils, séchons nos pleurs !

Le ciel enfin a puni notre maître ,
Nous n'aurons plus à craindre ses fureurs ;
Nos compagnons ont enchaîné le traître ;
Sa mort bientôt expira tous nos pleurs !

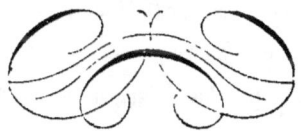

CLAIRE.

Claire, ne vois-tu pas ta mère qui s'incline,
    Te baise et regarde le ciel?
Pourquoi, comme autrefois, ta parole enfantine
Ne répond-elle pas au baiser maternel?

Pourquoi n'étends-tu pas, au-dessus de ta couche,
    Tes petits bras pour embrasser
Une mère si bonne? et pourquoi donc ta bouche
Ne s'ouvre-t-elle pas pour lui rendre un baiser?

Enfant, dormirais-tu de ce sommeil suprême
    Qu'on appelle le long sommeil,
Sommeil qui de l'esclave au monarque lui-même
S'étend jusques au jour du solennel réveil?...

Oh! ta mère a pâli! ses yeux versent des larmes,
    Elle succombe à sa douleur!...
Hélas! ils n'étaient point de trompeuses alarmes
Les noirs pressentiments qui contristaient son cœur!

Qui la consolera, ta douce et tendre mère?
    Qui pourra lui faire oublier
Que son unique enfant, sa gracieuse Claire,
N'a pu, si jeune encore, au trépas échapper?

Lorsque sur ses genoux te berçait ton grand-père,
    Quand tu lui donnais un baiser,
Aurait-il cru qu'au bout de sa longue carrière,
Sur ta tombe il irait un jour se lamenter?...

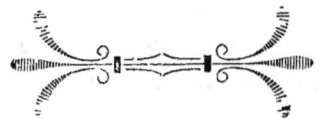

LOTH.

Abraham prosterné devant le Tout-Puissant :
    « Hélas ! dans ta colère,
Seigneur, confondras-tu le sage et le méchant ?
N'épargnerais-tu point cette ville adultère,
Si ses murs renfermaient quelques hommes pieux
Dont les cœurs fussent purs, les jours pleins à tes yeux ?

    » Non, tu ne perdras point le juste avec l'impie ;
    La justice est à toi ! »
Et Jéhova lui dit : « Fils de Tharé, j'oublie
Les horreurs de Sodôme et ses cris contre moi,
Si tu peux rencontrer dans cette ville immense
Des hommes qui n'aient pas souillé leur innocence. »

Abraham triomphait : « Je ne suis qu'un pécheur,
    Je suis né dans le crime ,
S'écria-t-il alors ; mais écoutez , Seigneur !
Votre miséricorde est un profond abîme ;
Epargneriez-vous donc la coupable cité ,
Si cinquante habitants sont pleins de piété ? »

« Oui , je pardonnerais , oui , je ferais clémence ;
    Dit alors l'Eternel. »
Abraham , tout joyeux et rempli d'espérance :
« Hélas ! vous le savez , je ne suis qu'un mortel ,
Et j'ose vous prier ! Excusez mon audace ,
Pour quarante habitants, Seigneur, feriez-vous grâce? »

« Je suspendrais les flots de mon juste courroux. »
    « Je ne suis que poussière ,
Et néanmoins, Seigneur, oui , je m'adresse à vous ,
Dit alors Abraham ; votre grande colère
Est-elle inexorable , et pour trente habitants,
N'épargneriez-vous pas les pécheurs, les méchants ? »

« J'éteindrais aussitôt les feux de ma vengeance ! »

      « Vous êtes bon, Seigneur,

Continue Abraham; votre grande clémence

De l'homme criminel fait l'espoir, le bonheur.

Pour vingt justes, Seigneur, cette ville adultère

Serait-elle à l'abri d'une ruine entière ? »

« J'étendrais sur Sodôme, en signe de pardon,

      Ma droite redoutable ! »

Abraham se recueille : « O Dieu puissant et bon,

Des pécheurs je ne suis que le plus misérable !

Et cependant, Seigneur, permettez que ma voix

S'élève encore à vous une dernière fois :

» Dix hommes vertueux, amis de la justice,

      Peuvent-ils vous fléchir? »

« Oui, répond Jéhova; sinon, qu'elle périsse,

L'orgueilleuse cité ! » Le saint fit un soupir;

Mais il ne put, hélas ! contre son espérance,

Trouver dix cœurs pieux dans cette ville immense.

L'orgueil, la cruauté, la folle ambition ;
  La luxure effrontée,
La jalousie ardente à verser son poison,
L'avarice sans cesse à compter occupée,
Dans Sodôme avaient fait de nombreux partisans
Et régnaient sur les cœurs comme autant de tyrans.

Le fils ne craignait point d'assassiner son père ;
  L'épouse, son époux ;
Et la fille, marchant sur les pas de sa mère,
Osait braver du ciel le terrible courroux.
La licence partout, partout l'idolâtrie
Marchaient, le front levé, dans cette ville impie.

Souvent le cèdre seul, pendant un ouragan,
  Ne courbe point la tête ;
Il brave avec fierté la fureur de l'autan,
Tandis qu'autour de lui tout cède à la tempête.
Ainsi le fils d'Aran seul avait résisté
Au torrent du désordre et de l'iniquité.

Il n'avait point offert un encens sacrilége
    A des dieux mensongers;
Jamais à l'innocence il ne tendit un piége,
Et l'arracha souvent aux plus graves dangers;
Son cœur ne tenait point à de viles richesses,
Et l'indigent toujours eut part à ses largesses.

Le matin, il disait un hymne à l'Eternel,
    Chant pur, inénarrable,
Chant de joie et d'amour qui s'élevait au ciel,
De même qu'un encens d'un parfum agréable;
Et chaque jour aussi, sur un rustique autel,
Il offrait quelques dons, comme le juste Abel.

Ah! dans lui l'orphelin trouva toujours un père,
    La veuve un protecteur,
Le vieillard un soutien, un ange tutélaire;
L'affligé, le malade un doux consolateur!
Il répandait ainsi, comme un fleuve fertile,
Ses trésors, ses bienfaits, au sein de cette ville.

. Celui qui d'un seul mot a créé l'univers,
     Fécondé nos campagnes ;
Qui déchaîne les vents , qui lance les éclairs ,
Bouleverse la mer, abaisse les montagnes,
Fut touché des vertus de son serviteur Loth ;
Il appelle Azarim et l'archange Ezaoth.

« Fidèles messagers , volez jùsqu'à Sodôme,
     Aux superbes palais ;
Dans cette ville impie, un homme seul , un homme
N'a point livré son cœur à d'infâmes excès.
Qu'il parte ! car bientôt je vais lancer la foudre,
Et Sodôme en trois jours sera réduite en poudre ! »

L'archange s'inclina devant le Tout-Puissant ,
     Et , se voilant la face,
Il adora trois fois l'Eternel en tremblant ;
Puis, prenant leur essor et traversant l'espace,
Le brillant Azarim , l'éclatant Ezaoth
Arrivent promptement près du vertuéux Loth.

Le Saint des saints a dit, s'écrie alors l'archange :

    « Longtemps l'impiété

A régné dans Sodôme ; il faut que je me venge !

Donnons une leçon à la postérité,

Mais terrible leçon ! que cette ville altière

Dans trois jours ne soit plus que cendre et que poussière !»

« Partez donc dès demain, fuyez cette cité,

    Ce repaire du crime,

Ce cloaque du luxe et de l'impureté !

Gravissez le Moab, montez jusqu'à sa cime ;

Partez, car le Seigneur est tout prêt à frapper,

Et sa justice enfin va bientôt éclater !

» Le jour fixé par Dieu va faire place aux ombres ;

    Oh ! pour l'impiété,

C'est le commencement de ces nuages sombres

Qui doivent l'éclairer toute l'éternité !

Serviteur du Très-Haut, fuyez donc de la ville,

Et cherchez promptement dans Ségor un asile. »

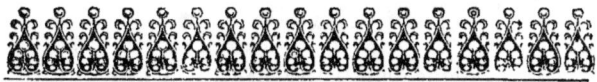

CANTIQUE

En l'honneur de la Sainte-Vierge.

Mère de Dieu, Sainte Marie,
Reçois les vœux de tes enfants;
Entends cette troupe chérie,
Montre-toi sensible à nos chants!

Vierge Marie,
Mère chérie,
Toujours, toujours,
Nous implorerons ton secours!

Reine du ciel, espoir du monde,
Entends la voix de tes enfants,
Et fais qu'à cette nuit profonde
Succède un jour des plus brillants !

Vierge Marie, etc.

Daigne prier, douce Marie,
Pour des enfants respectueux ;
Fais que cette troupe bénie
Te contemple un jour dans les cieux !

Vierge Marie, etc.

Nous nous rassemblons sous ton aile
Pour être à l'abri du danger ;
Que ta tendresse maternelle
Sur nous ne cesse de veiller !

Vierge Marie, etc.

Nous t'offrons des fleurs, des couronnes,
Des cœurs brûlant d'un vif amour ;
Mais pour toi, ce seront des trônes
Que tu nous offriras un jour !

Vierge Marie,
Mère chérie,
Toujours, toujours,
Nous implorerons ton secours !

CLARA.

Tendre fleur qu'un seul jour vit naître et vit mourir,
　　Clara n'est plus ! La Mort cruelle,
　　Comme un serpent fondant sur elle,
　　A notre amour vint la ravir !

Ah ! telle qu'un bouton qui vient de s'entr'ouvrir
　　Aux clartés de l'aube naissante,
　　Mais que l'haleine dévorante
　　Des vents du sud vient de flétrir ;

Hélas ! telle on t'a vue, ô grâcieuse enfant !
　　A peine briller une aurore ;
　　Le trépas vient, te décolore,
　　Et te flétrit en un instant !

Oserais-je, ô Clara! déplorer ton destin?
　　Ah! ton sort est digne d'envie,
　　Car tu ne parus à la vie
　　Que pour jouir d'un jour serein!

Le vice n'infecta jamais ton jeune cœur;
　　Et, pure comme la rosée,
　　Ton âme s'est vite envolée
　　Dans le séjour du vrai bonheur.

Aux rayons du soleil, brillante de fraîcheur,
　　Dans une région plus belle,
　　Et sur une tige nouvelle
　　Tu refleuriras, tendre fleur.

Mais pour nous, la douleur aiguisera ses traits;
　　Les pleurs, voilà notre héritage!
　　Et nous n'aurons plus en partage
　　Que des jours tissus de regrets!...

De ta mort pourrons-nous perdre le souvenir?

Qui pourra consoler ta mère?

Oh ! sa douleur est trop amère,

Ton trépas la fera mourir !...

LA PETITE ORPHELINE.

Je suis une pauvre orpheline,
Hélas ! que vais-je devenir ?
Vainement j'ai crié : famine !
Nul n'a voulu me secourir !

Ayez pitié de ma misère ;
Un peu de pain pour me nourrir !
Songez que je n'ai plus de mère,
Et que bientôt je vais mourir !

Passants, vous que ma voix implore,
Soyez touchés de mes malheurs !
Demain, au lever de l'aurore,
La mort finira mes douleurs !

Secourez-moi dans ma misère,
Je prîrai Dieu de vous bénir;
Secourez-moi, comme une mère
Secourt l'enfant qui va périr !

Donnez à ma voix qui vous prie ,
Dieu vous rendra votrè bienfait;
Car dans le ciel , notre patrie ,
Il inscrit l'aumône qu'on fait.

Déjà la faim , la faim cruelle,
Comme un serpent me mord au cœur;
Jetez un sou dans l'écuelle,
Donnez une obole au malheur.

Ma Vie.

Pas un beau jour pour moi n'a lui sur cette terre,
    Depuis que je suis né !
J'ai vécu dans les pleurs, le deuil et la misère,
    Au malheur toujours condamné !

Enfant, je n'ai jamais partagé de l'enfance
    Les jeux et les plaisirs ;
J'ai passé ce beau temps triste et sans espérance,
    Toujours au milieu des soupirs !

Quand les autres riaient, mes yeux versaient des larmes ;
    Ils chantaient... je pleurais !
Et quand pour tous la vie est un tissu de charmes,
    La mort fixait tous mes souhaits !

Adolescent, j'ai vu de mon adolescence
  S'écouler les longs jours ;
Au milieu des chagrins, au sein de la souffrance,
  Le bonheur me fuyait toujours !

La jeunesse est venue, avec ses plus beaux rêves,
  Me bercer un instant ;
Insensé que j'étais !... Les plaisirs sont des glaives
  Qui blessent un cœur innocent !

Je suis dans l'âge mûr, et toujours la tristesse
  Fait tressaillir mon cœur ;
Comment puis-je espérer que pendant ma vieillesse
  Luira pour moi le vrai bonheur ?

Le bonheur ! il n'est pas pour nous sur cette terre,
  Et l'homme vertueux
Ne peut que dans le ciel, auprès de Dieu son père,
  Espérer un jour d'être heureux !

ODE

SUR LA DESTRUCTION DE SODOME.

L'Eternel avait dit : « Tes blasphêmes , Sodôme ,
Sont montés jusqu'à moi !
Le crime multiplie , et c'est ainsi que l'homme
Pense qu'impunément l'on transgresse ma loi !
Trop longtemps cette ville a lassé ma justice ;
Plus de pardon pour elle , il faut qu'elle périsse ! »

Et déjà Jéhova frappait l'impiété ,
Confondue , effrayée ;
Des abîmes profonds , ouverts de tout côté ,
Vomissaient des torrents de flamme et de fumée ;
Le tonnerre grondait , mais d'un horrible bruit ,
Et d'effrayants éclairs éclairaient cette nuit.

Un vent impétueux, fils d'un affreux orage,
       Sifflait avec fureur,
Brisait, renversait tout, broyait tout dans sa rage,
Et partout répandait une fétide odeur.
Le ciel était en feu, la terre était brûlante;
Sodôme n'était plus qu'une fournaise ardente !

Grande était la terreur, la consternation,
       A ce moment suprême !
L'orgueilleux gémissait de sa présomption,
Et l'impie à genoux rétractait son blasphème ;
L'avare maudissait ses coupables trafics,
Et le vieux libertin, ses scandales publics.

Car des cieux s'échappaient comme du fond d'un gouffre,
       D'un immense volcan,
Des torrents enflammés de bitume et de soufre.
Le ciel était alors semblable à l'Océan,
Mais Océan de feu qui soulève son onde,
Et menace en grondant de consumer le monde.

Nuit où les flots amers de l'ire du Seigneur
    S'épanchaient sur l'impie ;
Nuit d'un affreux réveil, nuit de deuil, de douleur,
Où Sodôme abattue, en pleurs, à l'agonie,
Demandait, mais en vain, pardon pour ses forfaits,
Déplorait, mais trop tard, tant d'horribles excès !

On n'entendait partout que des accents de rage
    Et des cris de douleur ;
Tels que dans un combat, au milieu du carnage,
Brisés et mutilés, broyés avec fureur,
Cent mille hommes mourants, mais d'une mort affreuse,
En poussent vers le ciel d'une voix douloureuse.

L'un quitte son palais, que le bitume ardent
    N'a pas atteint encore ;
Mais un gouffre de feu qui, sous son pied tremblant,
Naît, s'ouvre, s'élargit, l'arrête et le dévore.
L'autre, désespéré, prend un fer meurtrier,
Et dans son cœur impur l'enfonce tout entier.

Ici : le père ému voit périr sa famille
Sans pouvoir la sauver ;
Et là, la mère en pleurs redemande sa fille,
Qu'un tourbillon de feu vient de lui dérober.
Ici croule un palais... Dieu ! quel bruit effroyable !
Et plus loin s'engloutit un temple abominable.

Le ciel vomit sans cesse et du soufre et du feu ;
Et comme d'un cratère,
Mais cratère entr'ouvert par le courroux de Dieu,
S'échappe encor du soufre et du feu de la terre ;
Et le feu de la terre et les flammes des cieux
Semblent lutter de rage en ce jour malheureux.

Seigneur, que ta justice est funeste et terrible
Pour qui l'ose braver !
Que la mort du pécheur, Dieu puissant, est horrible !...
Comblé de tes bienfaits, il t'osait blasphémer
Le matin ; mais le soir, ta droite frappe et tonne ;
Il est mort ! Le voilà, seul au pied de ton trône...

« Livrons-nous aux festins, contentons nos désirs,
    Ceignons-nous de guirlandes;
Qu'heureusement nos jours s'écoulent en plaisirs;
Aux autels de la joie apportons nos offrandes.
Jouissons aujourd'hui ! car peut-être demain
Le hasard viendra-t-il finir notre destin !

» Non, il n'est point de Dieu ! le plaisir, voilà l'homme;
    A sa mort, le néant !... »
C'est là ce qu'avaient dit les pécheurs dans Sodôme.
Insensés, arrêtez ! Craignez le Tout-Puissant !
Son glaive s'est levé flamboyant, formidable,
Et votre dernier jour sera bien lamentable !

Et les tours s'écroulaient avec un bruit affreux;
    Et les remparts superbes,
Dans ce brasier immense, effrayant, furieux,
Plus vite se brûlaient qu'un mince faisceau d'herbes;
Et tout s'engloutissait sous le sol enflammé,
Comme pour enfouir l'orgueil, l'impureté.

Et quand le jour parut, le plus profond silence,
    Un silence de mort,
Planait et pour toujours sur cette plaine immense.
Malheureuse cité, qu'il fut affreux ton sort !...
C'est ainsi que de Dieu l'éternelle justice
Sait punir les méchants, confondre leur malice.

Oui, telle qu'un géant frappé d'un trait au front,
    Ou comme un pin superbe
Que la foudre en grondant enlace, brise et rompt,
Sodôme s'abattit et git encor sous l'herbe...
L'Arabe place au loin sa tente et ses chameaux,
Et le pâtre craindrait d'y mener ses troupeaux.

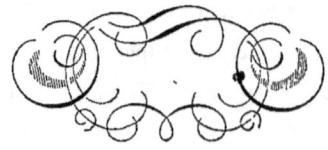

4

Un Enfant mourant

A SA MÈRE.

Console-toi, ma bonne mère,
Ton deuil ne peut être éternel ;
En quittant si jeune la terre,
Ton enfant va monter au ciel.

Tu me disais un jour, ma mère :
« La vie est pleine de douleurs,
O mon cher fils ! et sur la terre
L'homme souvent répand des pleurs !

» Suis les exemples de ta mère,
Des faux plaisirs fuis les douceurs;
Enfant, crois-moi, sur cette terre
L'aspic se cache sous les fleurs! »

Et depuis lors, ô tendre mère,
Ce monde me parut bien vil;
Et depuis lors, pour moi, la terre
N'a plus été qu'un lieu d'exil!

Et depuis lors, ma douce mère,
Je désirais ce jour heureux
Où, pour jamais quittant la terre,
J'irais me reposer aux cieux.

Ce jour a lui, pieuse mère,
Ce jour a lui pour ton enfant;
Je sens que j'échappe à la terre
Pour m'envoler au firmament!

Console-toi, ma bonne mère,
Je vois le ciel s'ouvrir pour moi !
Si je te laisse sur la terre,
Là-haut je prîrai Dieu pour toi.

Réjouis-toi, ma tendre mère !
Un archange descend du ciel,
Il m'enlève de cette terre !
Je vole au séjour éternel !...

LA JEUNE MENDIANTE.

A la porte de l'indigent
J'ai tendu ma main suppliante !
Le croirez-vous ? honteusement
Il a chassé la mendiante !

Sur le seuil du palais doré ,
Au riche j'ai dit ma misère ;
Hélas ! il ne m'a rien donné !
Pour lui , j'étais une étrangère.

La larme à l'œil , la mort au cœur,
J'ai baissé tristement la tête ;
Que faire , lorsque le malheur
Fond sur nous comme la tempête ?

J'ai pleuré , longtemps j'ai pleuré ,
De moi s'enfuyait l'espérance ;
Mais, hélas ! le Dieu de bonté
S'est souvenu de mon enfance.

Une voix a dit à mon cœur :
« A moi, les fleurs de la vallée
Doivent l'éclat et la fraicheur
Dont leur corolle est couronnée.

» Si de ses chants harmonieux
L'oiseau réjouit le bocage ;
Si de ses fruits délicieux
L'arbre parait vous faire hommage ;

» A l'oiseau je donne son chant,
A l'arbre ses fruits admirables ;
C'est moi qui sur l'homme souffrant
Jette des regards favorables.

» Sois plus forte que le malheur,
Souviens-toi que je suis ton père ;
Je saurai calmer ta douleur ;
Au ciel lève les yeux , espère ! »

Aussitôt dans mon jeune cœur
A brillé la douce espérance;
L'espérance, appui du malheur,
Baume sacré pour l'indigence!

Aussi, je chante sans chagrin :
« A la petite mendiante,
Passants, donnez un peu de pain,
Un peu de pain, je suis contente!... »

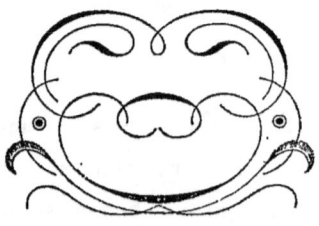

MÉLANIE.

Quels sourds gémissements ont frappé mes oreilles !
Quels déchirants sanglots, quels accents douloureux !
Rocher, tu t'attendris ; écho , tu te réveilles
    Aux cris d'un être malheureux.

Ecoutons... Ah ! j'entends la voix de Mélanie
Qui s'échappe à travers l'ombrage des cyprès ;
Sur le tombeau sacré de sa mère chérie
    Elle exhale ainsi ses regrets :

« O ma mère, ma mère ! est-il rien sur la terre
Qui de ta perte, hélas ! puisse me consoler !
Puis-je oublier jamais que j'ai perdu ma mère,
    Et que je n'ai qu'à la pleurer !

» Qu'ils étaient fortunés, ces instants de ma vie
Où ton cœur palpitant pressait mon jeune cœur !
Tu me disais alors : Ma chère Mélanie,
    Seule tu fais tout mon bonheur !

» Si quelquefois des pleurs humectaient ma paupière,
Ma mère était toujours prompte à les essuyer ;
Tes larmes me font mal, disait-elle, ô ma chère !
    En me donnant un doux baiser.

» Et maintenant je suis comme une jeune plante
Manquant du seul appui, de l'arbre protecteur
Qui soutenait ses fleurs et sa tige tremblante ;
    Elle languit, se penche et meurt !

» Autrefois, mariant les accords de ma lyre
Aux sons harmonieux de ta charmante voix,
De l'amour maternel nous chantions le délire,
    Et du Seigneur les douces lois.

» Mais depuis que la mort a moissonné ta vie,
Qu'elle t'a dérobée à mes embrassements,
Sous les doigts incertains de ta fille chérie,
    La lyre ne rend plus d'accents !

« Vainement à l'été succédera l'automne,
Le couchant à l'aurore et l'aurore au couchant;
Au souffle du zéphyr vainement l'anémone
    Brillera d'un rouge éclatant;

» Vainement les troupeaux bêleront dans la plaine,
Grimperont sur les rocs, reviendront au hameau;
Vainement dans les airs l'alouette incertaine
    Chantera son chant le plus beau;

» Tout est fini pour moi, tout, jusqu'à l'espérance!... »

Anaïs.

Ma fille avait dix ans , lorsque la mort cruelle ,
　　Jalouse de notre bonheur,
La choisit pour victime , et décoch'a contre elle
Le trait qui pour toujours nous percera le cœur !

.Hélas ! elle tomba comme tombe la rose ;
　　Elle ne brilla qu'un matin !
Frêle et modeste fleur, pervenche à peine éclose ,
Elle vit en un jour terminer son destin !

O cruel souvenir ! un convoi funéraire
S'avançait un jour lentement,
Et des vierges en pleurs portaient au cimetière
Un cercueil où dormait une charmante enfant !

Mais ce sommeil était le sommeil grand, suprême,
Du trépas l'éternel sommeil !
Erreur ! l'âme avait pris son essor vers Dieu même,
Car la vie est un songe, et la mort le réveil !

Et maintenant elle est au ciel avec les anges ;
Sur sa brillante lyre d'or
Elle chante à jamais les célestes louanges,
Le joyeux hosanna du Dieu puissant et fort !...

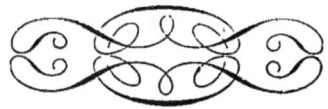

LA NUIT.

(*FRAGMENT*).

Tout est silencieux sous la voûte étoilée ;
Cependant quelquefois une brise embaumée
    Joue à travers le feuillage naissant,
    Module un son harmonieux, touchant.

. . . .
. . . .
. . . .
. . . .

Et la lune surtout, dans sa course argentée,
En rayons tremblotants sur le lac réflétée,
    A ce tableau sublime, ravissant,
    Ajoute encor un nouvel ornement.

Et ces astres brillants, ces vives étincelles,
Qu'on dirait du soleil d'éclatantes parcelles ;
    Ces feux au ciel, avec art suspendus,
    Dans l'infini nous paraissent perdus.

Le silence des nuits plait surtout à mon âme,
Dans des moments d'extase il m'échauffe, il m'enflamme ;
    Je suis ravi, transporté dans le ciel...
    Quand le jour nait, je redeviens mortel !...

ÉLISE.

I.

Le cœur d'Elise était pur comme la rosée,
  Comme l'aurore d'un beau jour ;
Plus douce était sa voix qu'une brise embaumée,
Que les sons de la lyre au céleste séjour.

Ma fille était, hélas ! belle comme la rose ,
  Souriante comme l'espoir ,
Fraîche comme la fleur, la fleur à peine éclose ,
Qu'un gracieux zéphyr balance vers le soir.

Oh! si vous l'aviez vue avec sa chevelure
     Flottant au caprice des vents,
Avec sa robe blanche et sa blanche ceinture ,
Son aimable sourire et ses yeux rayonnants !

Vous l'auriez prise alors pour l'ange de l'enfance ,
     Le chérubin mystérieux
Qui vient aux jeunes cœurs apporter l'espérance ,
Et sur ses ailes d'or remonte vers les cieux.

II.

Et pendant que les vents enflaient nos larges voiles ,
     L'espoir réjouissait mon cœur ;
Pendant que le nocher contemplait les étoiles,
Mon âme se livrait aux rêves de bonheur.

La nuit comme le jour, je pensais à Venise ;
     Venise était mon univers !
Je pensais que bientôt je verrais mon Elise ;
Je pensais... et la nef fendait le sein des mers.

III.

J'arrive palpitant de joie et d'espérance ,
Et sur les ailes du bonheur,
Je volais au séjour qu'habitait l'innocence ;
J'allais enfin presser mon enfant sur mon cœur !

Tout-à-coup j'aperçois un convoi funéraire ,
J'entends les chants tristes du deuil ;
Je vois jeter des fleurs sur un drap mortuaire ;
Une guirlande blanche était sur le cercueil !

Brillantes des couleurs de l'aimable innocence ,
Mais la tristesse au fond du cœur,
Des vierges, en gardant un lugubre silence,
Vivement exprimaient leur profonde douleur.

Elles accompagnaient au champ du grand naufrage ,
Au saint asile du repos ,
La plus tendre des fleurs , que la mort dans sa rage
Venait de moissonner malgré tous leurs sanglots !

5

Et moi, je contemplais le convoi funéraire,

Quand une femme s'écria :

« Pauvre Elise!... » A ces mots, je reconnus sa mère!

Et moi, père d'Elise, hélas! moi, j'étais là!...

L'Orphelin.

On dit que le bonheur habite sur la terre ;
Le bonheur ! en est-il pour un pauvre orphelin ?
Pleure, pleure, orphelin délaissé sur la pierre
　　　Du grand chemin !

Ah ! si j'avais du moins une mère chérie,
Je lui raconterais mes chagrins, mon tourment ;
J'épancherais mon cœur dans son âme attendrie,
　　　Moi, jeune enfant !

Quoi ! je vois chaque jour l'enfant plein d'allégresse
Embrasser ses parents, les presser sur son cœur ;
Et moi, pauvre orphelin, je n'ai que la tristesse
　　　Et le malheur !

L'oiseau même, l'oiseau que couvre la feuillée,
Balancé dans son nid au souffle aérien,
N'est-il pas plus heureux? Sur la pierre isolée,
  Seul je n'ai rien !

Je pleure le matin, le soir je pleure encore,
Et la nuit, de mes pleurs mon œil est humecté ;
Je n'ai pour seul appui que le Dieu que j'adore,
  Qui m'a créé.

J'appelle en vain un frère, une sœur, une mère ;
Personne ne répond aux cris de l'orphelin !
J'interroge, ô tombeaux, votre froide poussière ;
  Mais c'est en vain !

Le silence partout, partout l'indifférence.
Meurs donc, jeune orphelin, si tu n'as pas d'espoir !
La mort est-elle donc pire que l'indigence,
  Si triste à voir !

Qu'ai-je dit? Au malheur j'ajoute encor le crime ;
Ma voix contre le Ciel ose donc murmurer !
Grand Dieu ! j'allais tomber dans un profond abîme,
  Viens me sauver !

Fais briller dans mon âme une sainte espérance ;
Qu'elle soit le soutien de mon cœur défaillant ;
Souviens-toi que jadis tu chérissais l'enfance,
  Et fus enfant !

O toi qui m'as créé, je vais quitter la terre,
Où je n'ai point d'asile, où je suis sans amis ;
Reçois-moi dans tes bras, tu vas être mon père,
  Tu me souris !...

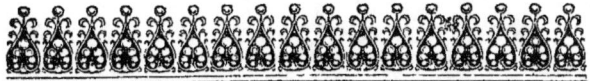

Le Conscrit.

(FRAGMENT.)

I.

Mais lorsque l'orageux nuage
Ne menace plus nos vallons,
Et qu'au lieu d'un triste ravage,
Il a fécondé nos sillons,
Alors nous allons rendre hommage
Au Dieu qui règle les saisons ;
Et puis, à l'ombre du bocage,
Espérant de riches moissons,
Nous nous couchons sur le feuillage.

Tandis que dans son lit pompeux ;
Le riche , jouet de l'envie ,
Ne peut goûter ce don des cieux
Qui chasse loin de cette vie
Les soucis et les soins fâcheux ;
Et tandis que , dans sa manie
D'amasser un or dangereux,
L'avare consume sa vie ,
Nous dormons plus paisibles qu'eux.

Tandis que le noir soucis mine
Les palais , les temples royaux ,
Pour nous qu'aucun soin ne chagrine ,
Dans ces vallons , sur ces coteaux,
Ou bien au pied de la colline
Que couronnent les grands ormeaux ,
Nous cueillons la blanche aubépine,
Le lis des champs et les pavots ,
Le pompon d'or et l'églantine.

En vain le farouche guerrier,
Au cœur dur, au sombre visage,
Etonne l'univers entier
Par son génie et son courage ;

Malgré sa gloire et ses lauriers,
Nous préférons notre bocage,
Nos champs, nos vignes, nos mûriers,
A tout ce qui lui rend hommage ;
Et nos chèvres à ses coursiers.

L'eau de la claire fontaine
Qui coule au pied des arbrisseaux,
Va se perdre au loin dans la plaine
Par une foule de canaux ;
Sur ses bords fleuris croît le frêne,
Le saule se mêle aux roseaux ;
Le soleil, se levant à peine,
Dore la cime des coteaux,
Et le vent retient son haleine.

Séjour de paix et de bonheur,
Pays chéri, lieux d'innocence,   }
Où brille l'aimable pudeur,
Lieux où j'ai passé mon enfance,
Soyez témoins de ma douleur !
Je perds tout, jusqu'à l'espérance !
Il faut vous quitter, quel malheur !
C'en est fait, un espace immense...
Hélas ! je mourrai de langueur !

Je vais quitter ma tendre mère,
Celle qui par ses soins touchants,
Dès que j'eus ouvert la paupière,
M'inspira de doux sentiments ;
Je vais abandonner mon père,
Accablé sous le poids des ans
Et sous le poids de la misère !
Quel sort ! et pourquoi les enfants
Vont-ils dans la terre étrangère ?...

Infortuné ! que vois-je, ô dieux !
Un soldat au sombre visage :
Il s'approche... hélas ! dans ses yeux
Je lis un sinistre présage !
Champs cultivés par mes aïeux,
Toit paternel, charmant village
Où mes jours s'écoulaient heureux,
Coteau riant, joyeux bocage,
Recevez mes derniers adieux !

II.

Bientôt, traversant la prairie,
Et descendant dans le vallon,
Il va voir sa mère chérie
Et lui prodiguer ce doux nom.

Combien sera douce sa vie !
Il recueillera ses moissons,
Rétablira la bergerie ,
Chantera ses vieilles chansons,
Couché sur l'herbe reverdie.

Plein de cet avenir heureux ,
A son espoir il s'abandonne ;
Mais cesse de former des vœux,
Arrête , malheureux ! il tonne...
Hélas ! non , là-bas , dans ces lieux ,
C'est un glas funèbre qui sonne !
Le soldat , les larmes aux yeux ,
S'arrête , écoute et frissonne...
Quel pressentiment douloureux !

Il s'avance vers la chaumière :
Tout est morne , tout est en deuil ;
Il veut voir, embrasser son père ,
Il marche... arrivé sur le seuil,
Un mouvement involontaire
Le force à s'arrêter... son œil,
Emu , consterné , voit sa mère
Etendue au fond d'un cercueil !
Plus loin gisait une autre bière !...

Un terrible pressentiment
Vient encore augmenter sa peine ;
Il redoute dans ce moment,
Il craint... D'une marche incertaine,
Pénible, il va languissamment ;
Il ne peut achever, se traîne,
Soulève douloureusement
Un voile, et tombe sans haleine :
C'était sa sœur sans mouvement !

III.

Depuis ce jour infortuné,
Daphnis passait la nuit entière
Ou dans le bois, ou dans le pré,
Ou dans l'enclos du cimetière ;
Au malheur toujours condamné,
Il perdit encore son père.
Blâmant du sort la cruauté,
Il appelait sa sœur, sa mère...
Ses cris inspiraient la pitié !...

Un jour, au vallon, au village,
L'écho sensible et douloureux,
Qui répétait dans le bocage
Les cris du berger malheureux,

Se tût... Couché sur le feuillage,
Daphnis était bien plus heureux :
Il était mort. Tout le village
Plaignit son destin rigoureux,
Ses vertus, ses malheurs, son âge.

Et maintenant le voyageur
Qui traverse cette contrée,
Sent bientôt émouvoir son cœur,
En voyant une croix placée
Dans le lieu de paix, de douleur ;
Il lit sur l'humble mausolée
Le sort du berger, ses malheurs,
Et sur la tombe respectée
Répand des larmes et des fleurs.

Mes Adieux à Quillan.

Adieu , charmant pays , magnifique séjour,
    Quillan, ô terre hospitalière !
Adieu ! c'est dans ton sein que, plus courte qu'un jour,
    Me paraîtrait l'année entière !

Adieu, je vais partir ! l'impérieux devoir
    Me force à quitter tes bocages ;
Adieu , Quillan, adieu ! Je ne pourrai ce soir
    Respirer sous tes frais ombrages.

Pays chéri des cieux, où dans chaque habitant
    L'étranger peut compter un frère ;
Où règnent les vertus, où brille le talent,
    Où le vice craint la lumière ;

Agréable séjour, oh ! je t'aime de cœur,
    Je t'aime comme ma patrie ;
Comme un soldat, son chef ; comme un Français, l'honneur ;
    Un enfant, sa mère chérie !

Oh ! que ne puis-je encore, avant que les frimas
    Viennent dépouiller tes campagnes,
Prendre avec tes enfants un champêtre repas,
    Au pied de tes vertes montagnes !

Que ne m'est-il donné de gravir en chantant
    Et tes coteaux et tes collines ;
De cueillir dans tes bois et le myrte odorant
    Et la rose aux longues épines !

Que ne puis-je admirer tes sapins verdoyants ;
    Qui de leur cime audacieuse ,
Au milieu des éclats des tonnerres grondants ,
    Affrontent la nue orageuse !

Oui , j'irais contempler tes rochers escarpés ,
    Tes vallons , tes gras pâturages ;
Frémir en voyant l'Aude et ses flots courroucés
    Mugissant contre ses rivages.

Oui , je visiterais ton chemin, Pierre-Lis ,
    Et tes montagnes , ô Saint-Georges ;
Et puis , libre de soins, sans chagrins, sans soucis ;
    J'irais me reposer aux Forges.

Car là, je trouverais un véritable ami ,
    Au cœur bon , à l'âme sincère ;
Là, je retrouverais mon cher Barthélemi
    Et son aimable caractère.

J'y verrais des jardins, j'y verrais des ruisseaux
 Coulant avec un doux murmure ;
J'y verrais à loisir les plus jolis tableaux
 Que peut présenter la nature.

Surtout j'irais prier, prier avec ardeur,
 Au pied de l'autel de Marie ;
C'est là que j'aimerais à répandre mon cœur,
 Devant cette mère chérie.

J'irais, j'irais encor... A quoi bon ces projets ?
 Demain je serai dans Narbonne ;
Et là, me contentant de former des souhaits,
 J'attendrai la prochaine automne.

Mais aussi quel plaisir, lorsque, dans moins d'un an,
 Préparant mon petit voyage,
J'irai revoir joyeux ton beau pays, Quillan,
 Comme un lieu de pèlerinage !

Alors , oh ! j'entendrai le rossignol chanter
Dans l'épaisseur de tes bocages ;
Et le taureau mugir, et la brebis béler
Au sein de tes gras pâturages.

Alors, en te voyant, délicieux séjour,
Je te dirai combien je t'aime ,
Et je ferai redire aux échos d'alentour :
« O Quillan , je t'aime ! je t'aime !... »

Mes yeux brillent encor du feu de la jeunesse,
Et cependant jamais, sur les bords du Permesse;
On ne verra ma Muse à de honteux plaisirs
Consacrer ses loisirs.

J'ai souffert trop longtemps les peines de la vie ;
Mon destin fut trop orageux ;
Pour que toujours ma lyre à des accords joyeux
Ne préfère les chants de la triste élégie !...

Hélas! ma vie est un long deuil,
Et ne puis-je pas sans orgueil
M'écrier justement, avec un beau génie,
Le poëte de l'harmonie :
« Il n'est pas dans mon cœur
Une fibre qui n'ait résonné sa douleur!...

L'ORAGE.

Quand un nuage obscur annonce la tempête,
Le berger effrayé rassemble son troupeau
    Et va chercher une retraite
    Sous le feuillage d'un ormeau.

Mais l'orage a grandi ! fougueux de violence,
Le vent siffle, mugit et gronde dans les airs ;
    Le ciel est sillonné d'éclairs,
    Et sur l'ormeau qui se balance
    La foudre avec fureur s'élance,
Brise, renverse, brûle et l'arbre et le berger.

Sort affreux !... Mais l'orage a cessé de gronder ;
Les rapides éclairs n'embrâsent plus la nue,
Et la fureur des vents commence à s'apaiser.

    Naguère , hélas ! l'hirondelle éperdue,
La timide fauvette, aux chants harmonieux ,
    Ne trouvaient point où reposer leurs ailes,
Et pour moi, cher Daphnis , plus infortuné qu'elles ,
Tous les jours de ma vie, hélas ! sont orageux !...

    Oh ! comme une douce rosée,
La pluie a rafraîchi la terre desséchée ;
La rose et la tulipe élèvent dans les airs
Leur brillante corolle encore plus brillante ;
Le soleil est plus pur, les arbres sont plus verts,
La voix du rossignol me semble plus touchante !...

A MON SERIN.

Chante, chante, joli serin,
De mon cœur bannis le chagrin !

Ta voix pure comme l'aurore,
Gracieuse comme l'espoir,
Fraîche comme la fleur, la fleur qui vient d'éclore,
Et qu'un souffle embaumé fait courber vers le soir :
Ta voix charmante,
Gentil serin,
A l'âme souffrante
De l'orphelin
Porte la joie et l'espérance,
Ces deux soutiens de l'innocence.

Chante, chante, joli serin,
De mon cœur bannis le chagrin !

Hélas ! tu sais que la tristesse,
Comme un cruel vautour déchire ma jeunesse,
Témoin de mon malheur,
Tu sais que la douleur,
De sa main dévorante
A gravé dans mon cœur
Une blessure encor saignante !

Chante donc, ô petit serin,
Chante, chante ta chansonnette ;
Au pauvre orphelin,
Dans sa chambrette,
Redis ton refrain,
Aimable serin !

Depuis longtemps tu sais que je pleure mon père ;
Tu sais que je n'ai plus de mère !...
Hélas ! et pour combler l'excès de mon malheur,
La mort, dans sa colère,
Vient d'abattre ma jeune sœur,

Comme le vent, dans sa fureur,
Brise la rose printanière,
Ou le lis brillant de candeur.

Chante, chante,
Aimable serin !
Ta voix ravissante
Bannit mon chagrin.

Je me plais à te voir aux barreaux de ta cage,
Becquetant le feuillage
Du vert mouron
Dont j'aime à garnir le treillage
De ton élégante prison.

Sur l'aubépine arrosée
Des pleurs brillants de la rosée ;
Sur le buisson d'églantier
Qui croit au bord du sentier,
Comme la fauvette,
Tu ne peux te reposer ;

Mais aussi de l'épervier
Qui la guette,
Tu n'as rien à redouter
Dans ma chambrette.

Chante, chante, gentil serin,
Ton gracieux refrain;
C'est ton doux chant qui me console!
Il est pour mon cœur
Ce qu'est la parole
D'un consolateur
A l'âme affligée;
Ce qu'est la rosée
A la tendre fleur,
Desséchée
Par l'ardeur
De la canicule brûlante;
Ce qu'à l'abeille diligente
Est le blanc œillet,
L'odorant genêt,
La rouge pivoine
Et la kélidoine,
Qui balance au vent
Son calice resplendissant.

Chante, chante,
Aimable serin,
Ta voix ravissante
Bannit mon chagrin.

Chante donc, chante, je t'en prie,
Ta romance la plus jolie!
Ta voix douce comme le miel,
Brillante comme l'arc-en-ciel,
Fait naître en mon cœur l'espérance;
Ta voix est un baume pour moi,
Elle adoucit mon existence;
Je n'ai pas d'autre ami que toi!
Chante donc, chante, je t'en prie,
Chante, chante, gentil serin,
Seul tu peux bannir mon chagrin,
Seul tu peux m'adoucir la vie;
Chante, chante, joli serin!...

La Violette.

Oui, je t'aime de cœur,
Modeste fleur,
A la corolle purpurine!
Symbole de l'humilité,
Sur le bord des ruisseaux, au pied de la colline,
En vain ton calice est caché,
Ton doux parfum s'est exhalé
A travers les rameaux de la blanche aubépine;
Riche de ce parfum, la brise a dévoilé
Tes charmes cachés sous la feuille!
Le poète ravi te cueille,
Admire avec suavité
Les gracieux contours, l'aimable velouté

De ta fraîche corolle, à l'haleine odorante ;
Et grâce à ta simplicité,
A ses yeux ta beauté devient plus ravissante ;
Pour son cœur, elle est plus touchante !

LA JEUNE ORPHELINE.

Ayez pitié de l'orpheline,
Passants, secourez-la !
Et sur-le-champ sa prière enfantine
Pour vous au ciel s'élèvera.

Il fait bien froid ! sur la terre glacée
Je n'ose reposer mes membres tremblotants ;
Je suis une enfant délaissée,
Et je n'ai pas encor sept ans !

La neige tombe en abondance,
Elle remplit tous les sentiers ;
Le vent siffle avec violence
A travers les rameaux des piquants églantiers.

On n'entend plus dans la campagne
Bêler la chèvre et la brebis,
On ne voit plus sur la montagne
Voler la grive et la perdrix.

Tout est triste dans la nature !
Les champs ont perdu leur parure,
Le ciel a perdu son éclat ;
L'oiseau ne prend plus son ébat
Au sein des touffes de verdure ;
Il réclame, hélas ! sa pâture,
    Un peu de grain
    Pour nourriture !
Et comme lui j'ai faim !
Et je n'ai pas de pain !...

Aux cris de la pauvre orpheline ;
Passants ; laissez-vous attendrir ;
C'est la petite Caroline,
Qui bientôt, hélas ! va mourir !

Si vous me secourez , ma prière enfantine
Pour vous au ciel s'élèvera ,
Et le bon Dieu l'exaucera.
A genoux, je prirai la Majesté divine
De vous bénir,
Et ma prière ,
Comme un zéphyr,
Vers Dieu, notre père ,
Pure montera ;
Et le Seigneur, plein de tendresse ;
Vous bénira ,
Vous comblera
Et de bonheur et d'allégresse !...

SOUVENIRS DE L'ENFANCE.

(FRAGMENT).

Incliné sur la proue, un nocher qui fend l'onde
Vogue tranquillement en contemplant les cieux ;
Non ! il ne songe point si la mer est profonde,
S'il doit revoir un jour les champs de ses aïeux ;
Si bientôt l'Aquilon, s'armant de violence,
Brisera son vaisseau que la vague balance,
Si d'un nuage épais le ciel peut se charger,
Et d'une affreuse nuit bientôt l'environner.
Le ciel est si serein, la mer est si tranquille !

7

Peut-il appréhender les fureurs de l'Autan ?
Négligeant l'avenir, il jouit du présent ;
Et comme un souci vain, une crainte inutile ,
    Qui de son cœur
Pourrait troubler le calme et chasser le bonheur,
Il ne réfléchit point qu'une horrible tempête
Peut-être, hélas ! demain grondera sur sa tête !

Et comme ce nocher plein de sécurité ,
Pendant que de nos jours la chaîne se dénoue,
De l'avenir aussi notre enfance se joue ,
Et dans cet âge heureux , tout nous paraît doré.
Un enfant ! Est-il rien de plus beau que l'enfance ?
C'est le temps du bonheur, l'ère de l'innocence.
Alors point de soucis , de chagrins dévorants ;
On n'a que des plaisirs et des jeux innocents.
Qu'il paraît azuré le ciel de notre vie !
Que nos jours fortunés coulent dignes d'envie !...
    La pureté de notre cœur
    Est peinte alors sur nos visages ;
Alors, même nos traits décèlent la candeur ;
Alors de la vertu nous sommes les images.
En foule les plaisirs accompagnent nos pas ;
Les jeux bruyants surtout sont pour nous pleins d'appas.

'Qu'il est doux pour l'enfant, pendant un jour de fête,
'De voir se balancer au-dessus de sa tête
      Le cerf-volant qu'il a lancé !
'Comme il se réjouit de son habileté !...
'Et, joyeux, fournissant la ficelle tendue,
Il finit presque enfin par le perdre de vue.

Quel plaisir de poursuivre un brillant papillon
(De la légèreté le plus fidèle emblème),
Il se pose un instant : c'est une fleur... oh ! non,
Quelle agréable erreur ! c'est le papillon même !
Et l'enfant le poursuit, sautillant comme lui,
Comme lui rayonnant, comme lui sans souci.
Il va le prendre, hélas ! mais, d'une aile légère,
Le papillon échappe et se rit de l'enfant ;
L'enfant, quoique déçu, poursuit encore, espère ;
Court, épie en courant l'insecte voltigeant,
Le trompe, le saisit !... Joyeux de sa conquête,
Il contemple un instant son brillant prisonnier,
Qui se débat confus, triste de sa défaite.
Mais, touché des efforts de l'ailé printanier,
      Le jeune enfant dépose
Le tremblant papillon sur un bouton de rose ;
Et l'insecte, joyeux d'avoir sa liberté,
De fleurs en fleurs alors voltige avec gaîté :

Qu'il est doux de cueillir la simple violette,
Et le modeste lis , et la blanche clochette;
D'en faire une guirlande ou de petits bouquets,
Et d'apprendre à parler aux jeunes sansonnets !
Quel bonheur, en suivant une onde fugitive
Qui doucement murmure en se voyant captive
Entre deux bords charmants tout émaillés de fleurs,
Oh! quel plaisir alors de voir la frêle barque
Qu'on vient d'abandonner aux flots murmurateurs,
Tracer légèrement une légère marque
Sur l'onde qui s'enfuit pour ne plus revenir !...

Est-il rien de plus doux que le doux souvenir
Des projets que formait alors notre innocence ?
Du bonheur qui berçait notre jeune espérance ?
L'enfance était pour nous l'aurore d'un beau jour!
Pensions-nous à l'envie, à la haine, à l'amour?
Etions-nous consumés par la soif dévorante
De posséder un jour un immense trésor?
Toujours, toujours contents de la saison présente,
Enfants, rêvions-nous donc une montagne d'or?
Non! car notre âme était au-dessus des richesses;
Nous ignorions alors ces vaines dignités,

Objets d'ambition et sujets de bassesses ;
Et, comme des rayons du soleil émanés ,
Nos jeunes cœurs brillaient dans un ciel sans nuages.
Aurions-nous pu prévoir de si nombreux orages !...

La Douleur de ma Mère.

(FRAGMENT.)

Oui, je viens chaque soir, rêveur et solitaire ,
    M'agenouiller sous le saule pleureur,
Auprès duquel jadis venait s'asseoir ma mère ,
Et comme elle j'y viens épancher ma douleur.

Elle y venait pleurer une fille chérie ,
Elle y venait pleurer sa chère Coralie ,
       Tendre fleur
Que le vent de la mort brisa dans sa fureur ;
      Douce colombe
Qui descendit à quinze ans dans la tombe !

De là, jetant les yeux sur le tertre voisin,
Elle y voyait des ifs et des cyprès funèbres,
Qui semblaient partager ses douleurs, son chagrin.
Parfois elle venait au milieu des ténèbres
Demander Coralie aux rochers d'alentour;
Les rochers se taisaient, et quelquefois le jour
      Avait surpris ma mère,
    A l'Eternel adressant sa prière
       Pour son enfant.

Elle disait alors aux arbres funéraires,
    Qui de leurs ombres tutélaires
    Protégeaient l'humble monument :
  « Arbres, pleurez, ah! pleurez Coralie,
  Mon doux espoir, la moitié de ma vie,
  Arbres, pleurez, ah! pleurez mon enfant!... »

A UNE JEUNE FILLE MORTE.

Pourquoi dans la tombe,
Tendre colombe,
Sitôt t'enfermer ?
Si jeune encore,
A ton aurore
Pourquoi te faner
Comme une fleur qui vient d'éclore,
Et qu'un vent brûlant fait sécher ?

Pourquoi ton âme fugitive
A-t-elle quitté cette rive
Pour s'envoler si vite au ciel ?
Quoi ! le sourire maternel

Et les caresses de ton père
N'ont pu t'attacher à la terre
Et te retenir ici-bas ?
Ignorais-tu que ton trépas
Nous causerait à tous une douleur amère ?...

En glissant,
Ta barque a passé , chère enfant ;
De favorables étoiles
Ont enflé ses blanches voiles
Pour te conduire au port ;
Et la mort
A brisé ton existence
Belle d'innocence,
Pleine de candeur ;
Et le vrai bonheur
Pour toi , jeune encore ,
Fleur à ton aurore ,
A brillé soudain ;
Heureuse de ce monde vain
De n'avoir pas connu les charmes ,
Les soucis dévorants , les cruelles alarmes.

Par de mystérieux pressentiments
Peut-être qu'avertie ,

Tu n'as désiré de la vie
Goûter que les plus doux moments;
Peut-être de ta destinée
Prévoyant les affreux malheurs,
Dans la tombe tu t'es couchée
Pour ne pas répandre des pleurs !

Erreur, illusion aussi folle que vaine !
  L'arbitre de tes jours,
  Dieu seul, a raccourci leur cours
Par sa volonté souveraine.

Il a voulu te transplanter
Dans cette région fortunée
Où l'âme de joie inondée
Goûte tout le bonheur que l'homme peut goûter.

A notre amour il t'a ravie
Pour te recevoir dans son sein;
Ne regrette donc pas la vie
Où si rarement brille un jour pur et serein;

Et du haut des splendeurs de la sainte. patric.,

    Contemple avec dédain

    Le séduisant essaim

Des trompeuses douceurs dont la terre est remplie.

Fragment

D'UN

DISCOURS DONNÉ EN RHÉTORIQUE,

Au Collége de Carcassonne, en 1840.

*Jérémie ayant fait asseoir Zorobabel, se lève et s'écrie
dans un saint transport :*

O superbe Sion ! ô puissante cité !
Toi qui dormis longtemps dans la sécurité,
Tremble aujourd'hui, Sion ! le Dieu vengeur s'apprête
     A foudroyer ta tête;
Tremble, Jérusalem, crains ton Dieu courroucé !
Comme toi Séboïm a jadis existé,

Sodôme a ressenti les vengeances célestes,
De Gomorrhe aujourd'hui voit-on même les restes !

Sion, ne vois-tu pas les nombreux étendards
Qu'un fier tyran déploie autour de tes remparts ?
N'entends-tu pas les cris du cavalier superbe
    Qui, sous les pieds poudreux
    De son coursier fougueux,
Va dans quelques instants te fouler comme l'herbe ?
N'entends-tu pas au loin le roulement des chars ?
Ne vois-tu pas briller les piques et les dards ?
Que tardes-tu, Juda ? lève ta tête altière ;
Il est temps de montrer ta valeur toute entière.
Où sont, forts d'Israël, le puissant bouclier,
    L'armure tutélaire
Qu'aux traits des Chaldéens vous allez opposer ?
Où sont les dards aigus ?... Paroles inutiles !
La terreur, dans vos mains, rend ces armes stériles ;
Car le Dieu de justice, irrité contre vous,
Va déployer enfin son terrible courroux !

Malheureuse Sion, jadis si florissante,
Que devient aujourd'hui ton antique valeur ?
Je vois tes habitants plongés dans l'épouvante ;
Les vierges élevant leurs mains vers le Seigneur ;

Les femmes, les vieillards, d'une voix lamentable,
Déplorant, mais trop tard, leur conduite coupable,
Pousser des cris affreux arrachés par la faim;
Les enfants expirant dans les bras de leurs pères,
Ou mourant lentement sur le sein de leurs mères,
En demandant du pain!

Des ministres sacres j'aperçois la milice
Prosternée aux autels, se couvrir d'un cilice
Invoquer l'Eternel insensible à leurs cris;
De tous côtés je vois le deuil et la tristesse;
De Sion les plaisirs enfin se sont enfuis;
En soupirs sont changés nos concerts d'allégresse !

Qu'entends-je?... quel fracas ! quel tumulte effrayant !
Le Juif est abattu, l'ennemi triomphant!...
Elle fond aujourd'hui sur ta coupable tête,
La terrible tempête,
Que tes crimes, Sion, les forfaits d'Osias,
L'orgueil de Joachim, l'impiété d'Achaz,
Sur toi depuis longtemps avaient accumulée;
Jérusalem succombe, et sa gloire est passée !...

Où sont tes hautes tours, tes palais somptueux,
Tes colonnes de marbre et tes temples fameux?
Sion, qui te rendra tes fêtes, tes cantiques?
Qui pourra relever tes superbes portiques?

Pleure, pleure aujourd'hui, malheureuse cité !
C'est Dieu qui, pour venger son saint nom profané,
Appesantit sur toi son glaive redoutable,
Lance des traits mortels, et d'un bras formidable
      Brise tes orgueilleux remparts !

O ma chère Sion, baisse ta tête altière;
Tes murs sont écroulés, et leurs débris épars
Seront ensevelis longtemps sous la poussière.
Entendez-vous au loin ces plaintes, ces soupirs?
Les voyez-vous, ces Juifs adonnés aux plaisirs,
Chargés d'indignes fers, trainés en servitude,
Essuyer les rigueurs du destin le plus rude,
Et, le jour et la nuit déplorant leurs malheurs,
Grossir l'Euphrate ému du tribut de leurs pleurs !
Entendez-vous les cris des vierges éplorées,
Par un cruel vainqueur rudement arrachées
Au sol de la patrie, à leur pays chéri?
Comment, Seigneur, comment l'or s'est-il obscurci,

Et pourquoi dans Sion une sombre tristesse
A-t-elle remplacé la joie et l'allégresse ?
Pourquoi notre héritage et nos brillants palais,
Les trésors de David et ceux de Manassès
Ont-ils été livrés à la fureur des flammes ?
Pourquoi gémissons-nous jusqu'au fond de nos âmes ?
Hélas ! l'iniquité, les crimes de Sion
Ont attiré sur nous la vengeance céleste ;
Nous sommes tous plongés dans la confusion,
Et le Seigneur a fait une chaîne funeste
      Du joug de nos iniquités !...

Mais quel astre apparaît à mes yeux étonnés !
Il me berce aujourd'hui d'une douce espérance ;
C'est le gage certain de notre délivrance !
Ils sont enfin venus, les jours si désirés ;
Sion redeviendra la reine des cités !

Celui qui pour son peuple a frayé sur les ondes
      Un chemin merveilleux ;
L'a nourri quarante ans d'un pain miraculeux,
Celui qui fit jadis vers ses sources profondes
      Remonter le Jourdain,
Pour ouvrir un passage au milieu de son sein ;

Qui permit que les murs d'une ville superbe ,
Aux sons de la trompette ensevelis sous l'herbe ,
Connussent des Hébreux la sainte mission ,
Ce Dieu s'est souvenu des malheurs de Sion.

O vierges de Juda, bannissez la tristesse,
Poussez des cris de joie et des chants d'allégresse !
Vieillards de Benjamin , doux enfants de Lévi ,
Prophètes , reprenez votre harpe sacrée ,
      Et chantez à l'envi
Du puissant Roi des rois la colère apaisée.
Bientôt nous reverrons les champs de nos aïeux ;
Nos voix pourront alors s'élever jusqu'aux cieux
Et chanter du Seigneur la clémence infinie.

« Réjouis-toi , Sion , ô ma fille chérie !
A dit le Tout-Puissant, en portant ses regards
Sur tes temples détruits , sous la poussière épars ;
Tu fus assez longtemps l'objet de ma vengeance ;
Ah ! ressens aujourd'hui l'effet de ma clémence !
J'éteins les feux brûlants par ton crime allumés ;
Les jours de ma colère enfin sont écoulés.
Relève-toi , Sion , du sein de tes ruines !

8

Et pour ton bonheur à venir,
Grave au fond de ton cœur des vengeances divines
L'éternel souvenir ! »

 . . . . ;

. . . .

Lève, Jérusalem, tes mains vers le Seigneur,
Qui vient te dérober au joug de ton vainqueur !
Tu verras relever tes antiques murailles,
Et tu pourras bientôt chanter les funérailles
 Du cruel Babylonien,
Puisque le bras de Dieu doit être ton soutien.

O filles de Sion, en quittant l'Assyrie,
Vous pourrez saluer notre ancienne patrie !
Vieillards de Benjamin, vous entendrez encor
Les chants mélodieux des oiseaux de Ségor !
Ah ! tu peux secouer, illustre Mardochée,
Cette cendre qui souille et blanchit tes cheveux ;
Car un libérateur à ma vue étonnée
Apparaît aujourd'hui !... Quel air majestueux !...
A sa puissante voix, sortant de la poussière,
Sion, comme autrefois, lève une tête altière !...

Quel est donc le Sauveur de ma chère Israël ?
Il a les traits , la voix , l'air de Salathiel !...
Il commande : aussitôt, renaissant de sa cendre ,
Le temple est élevé sur cent colonnes d'or;
Et sur l'autel fumant le Seigneur vient descendre ,
Pour l'enrichir de son trésor !...

UN MOT

A LA SAINTE VIERGE.

Refuge des pécheurs, ô divine Marie !
Mère que j'aime tant, que j'ai toujours chérie,
Ah ! puissé-je bientôt m'élever jusqu'aux cieux,
Pour chanter à vos pieds l'hymne des bienheureux !

L'ENFANT MORT.

I.

Dors, jeune enfant, dans ta chambrette ;
Repose doucement sur ta molle couchette ;
L'ange qui veille à tes côtés
Entoure ton berceau de ses vives clartés.

Enfant, tendre espoir de ton père,
Délices de ta mère,
Que les songes riants, pendant ton doux sommeil,
Viennent épanouir ton visage vermeil !

Inutiles souhaits !... Comme une fraîche rose ,
A peine éclose ,
Un vent brûlant vient de te dessécher !
Comme le lis des champs tu n'as fait que passer !...
De sa faux redoutable ,
La Mort inexorable
Vient de te moissonner,
Hélas ! et ton berceau restera toujours vide !
Ta mère ne pourra venir te contempler,
Baiser ton front si pur, ta bouche si candide,
Et contre son cœur te presser !...

Non, tu n'as pas connu les peines de la vie ,
Les abîmes du cœur humain !
Les fureurs de l'amour, les poisons de l'envie
N'ont pas fait tressaillir ton sein !...

II.

Il dort , ton enfant, pauvre mère !
Il dort ! pourquoi te lamenter ?
Aujourd'hui dans le sein de Dieu, son tendre père ,
Il est allé se reposer !

Aimable enfant, douce colombe,
Déjà l'on a creusé ta tombe
Sous une touffe de lilas ;
Ce soir tu t'y reposeras !
Et dans la nuit, quand tout sera dans le silence,
Perché sur le rameau
Qui doit de son feuillage ombrager ton tombeau,
Le touchant rossignol chantera sa romance,
Sa mélancolique romance !

Oh ! ne vas pas le réveiller,
Ton enfant qui dort, bonne mère !
S'il dort, pourquoi tant le pleurer ?...
Ne savais-tu donc pas qu'au sein de Dieu, son père,
Tôt ou tard il devait aller se reposer ?

Ne pleure pas, ô tendre mère !
Ton enfant jouira d'un bonheur éternel ;
S'il s'est endormi sur la terre,
Il s'est réveillé dans le ciel !

La Vie de l'Homme.

Homo natus de muliere...
Repletur multis miseriis.
(Job.)

Notre berceau toujours est inondé de larmes ;
Souvent il retentit de nos gémissements ,
Et l'enfance, avec tous ses charmes ,
A ses chagrins et ses tourments.
De fleurs brillantes couronnée ,
Et de faux plaisirs enivrée ,
La jeunesse souvent n'est qu'un temps orageux ,
Le matin délirant d'une amère journée ;
Et l'âge mûr, qui rend parfois ambitieux ,

Par ses déceptions nous laisse malheureux ;
Et puis, arrive enfin là chagrine vieillesse,
Qui lentement se traîne, en se plaignant sans cesse
Du poids accablant de ses maux !

Homme, dis-moi si j'ai dit faux ?

LES DERNIERS MOMENTS

D'UN JEUNE POURPRENAIRE.

Oui , dans ce vallon solitaire ,
Ombragé par de noirs cyprès ;
Dans cet asile de la paix ,
Que jamais le soleil n'éclaire ,
Un matin je me promenais.
Plein d'une douce rêverie ,
J'errais sous ces ombrages frais ,
Où la tendre mélancolie
Répandait ses plus vifs attraits.
Tandis qu'en marchant je rêvais ,

Je vis à genoux sur la mousse,
Dans une mortelle langueur,
Un jeune homme dont la pâleur
Rendait la figure plus douce.

Il parlait... J'écoutai, rempli d'émotion,
Les derniers chants du poitrinaire ;
Sa parole de feu, comme un brillant rayon
Qui verse à grands flots la lumière,
Exhalait en ces mots une douleur amère :

« Oh ! que je suis heureux d'avoir de la vertu
Conservé la céleste flamme !
Car au milieu d'un monde corrompu,
Aux élans de mon cœur quel cœur a répondu ?
Quelle âme a su lire en mon âme ?...

» Je commençais à peine à goûter les douceurs
D'une existence, hélas ! qui paraissait heureuse ;
Cruelle illusion !.., la mort, pleine d'horreurs,
Va trancher de mes jours la trame douloureuse !

» L'airain vient de sonner !... Pour la dernière fois ,
Son tintement peut-être a frappé mes oreilles ;
Peut-être pour toujours j'ai parcouru les bois ,
J'ai vu de fleurs en fleurs voltiger les abeilles !

       » Aux premiers rayons du soleil ,
       Chaque matin , à mon réveil ,
J'embrassais mes parents , et ma sœur , et mon frère !
Mais désormais , bientôt un lugubre sommeil
Engourdira mes sens , fermera ma paupière !

    » Quoi ! je n'entendrai plus, au lever de l'aurore ,
       Les chants joyeux du rossignol !
Je ne cueillerai plus les doux présents de Flore ,
Ta fleur que j'aimais tant , que j'aime tant encore ,
       Mélancolique tournesol !

    » Hélas ! elle a sonné l'heure, l'heure de mort !
C'est le dernier éclair d'une affreuse tempête...
Un jour serein se lève, et je suis presque au port ,
A l'abri des dangers qui menaçaient ma tête.

» Oh! qu'elle s'écoula rapidement ma vie !
A peine en ai-je pu goûter quelques moments ;
La mort vient, je la sens, et ma langue affaiblie
Ne peut plus murmurer que des gémissements !

» Ah! que ne puis-je encor!...» Mais un profond silence
Succéda tout à coup aux plaintes du mourant;
   Car le trépas, comme un feu dévorant,
Venait de consumer cette jeune existence,
Et le cygne était mort au milieu de son chant!...

LE SERIN MORT.

Il est mort, hélas ! ce matin,
Il est mort, le petit serin !

Pleure, pleure, ô ma mère,
Pleure, pleure, sur ton fils ;
En perdant son serin, il a perdu son frère
Et le meilleur de ses amis !

Pleure, pleure, ô ma tendre mère !
Partage ma douleur amère.

Sur le bord des ruisseaux j'allais chaque matin
Recueillir le mouron au tendre et vert feuillage ;

Ou les longs épis du plantain,

Pour en garnir le treillage

De ta cage,

Aimable serin !

Mais maintenant ta cage est vide,

Et tes chants ingénus

Ne m'éveilleront plus !...

Cruel trépas, destin rigide,

Pourquoi me ravir mon oiseau,

Mon gracieux serin au plumage si beau ?

Pleure, pleure, ô ma douce mère !

Partage ma douleur amère.

Tu mourus, hélas ! hier matin,

Tu mourus, ô gentil serin !

Aux soins d'un anatomiste

J'ai confié ton frêle corps ;

Il pourra bien, habile artiste,

En faire mouvoir les ressorts,

Embaumer pour un temps ta dépouille brillante,

Sur un élégant piédestal

L'attacher par un fil d'archal,

Comme une créature animée et vivante ;

Ou l'entourer de fleurs sous un joli bocal ;
Mais il ne pourra point te redonner la vie,
Rendre à tes yeux éteints l'éclat dont ils brillaient ;
A ton gosier si pur ces torrents d'harmonie
    Qui chaque jour nous ravissaient !

    Pleure, pleure, ô ma bonne mère !
    Partage ma douleur amère.

    Ah ! tu mourus l'autre matin ;
    Tu mourus donc, charmant serin !
    Quand je rentre dans ma chambrette ;
    Je n'entends plus ta chansonnette,
        Petit oiseau !
    Et quand le matin je m'éveille,
    Ta voix si douce à mon oreille,
    A ma voix ne fait plus écho !
    Autour de moi tout devient sombre ;
      Une affreuse langueur
      Pèse sur mon cœur,
Et je sens que mes jours s'éteindront comme une ombre !

    Réveille-toi, gentil serin,
      Et chante !

Que ta voix pure et ravissante
Loin de moi chasse le chagrin.

Mais, hélas! j'oubliais que ta frêle existence
Naguère a succombé sous les coups de la mort!
Ah! tu garderas donc un éternel silence!
Et moi, moi je vivrai pour te pleurer encor!...

Pleure, pleure, ô ma pauvre mère!
Partage ma douleur amère.

Jadis et Maintenant.

(FRAGMENT.)

Le rossignol caché sous un épais feuillage
Entonnait autrefois ses chants harmonieux;
    Et la fauvette au doux ramage
    Faisait résonner le bocage
    De ses accords mélodieux.

Sur le bord des torrents, au sommet d'un vieux saule,
      La cigale qui vole
    Jetait jadis ses cris stridents;
    Et dans le vallon solitaire,
    Le tendre agneau, près de sa mère,
    Bêlait ses jeunes bêlements.

La quenouille à la main , la timide bergère
Conduisait son petit troupeau,
Et puis , à l'ombre de l'ormeau,
En chantant s'asseyait sur la verte fougère.

Mais l'hiver est venu , la nature est en deuil !...
Hélas, on ne voit plus , comme on voyait naguère,
Grimper sur le sapin ou l'orme séculaire
Le léger écureuil !
Le ruisseau ne fait plus entendre un doux murmuré ;
L'hirondelle a quitté le toit hospitalier ;
La prairie a perdu ses fleurs et sa verdure.
Aux rayons du soleil , le papillon léger
N'étale plus l'éclat de sa riche parure ;
Les oiseaux ont cessé leurs gentilles chansons ;
On ne voit plus au loin , comme une mer immense,
Au souffle du zéphyr, ondoyer les moissons.
Le ciel est nébuleux , la neige en abondance
Tombe en tourbillonnant sur les champs attristés ;
Et le vent glacial, fougueux de violence ,
Qui du septentrion souffle, mugit, s'élance,
Fait gémir les rameaux des arbres effeuillés !
Hélas ! le doux parfum de la rose brillante
Ne s'exhale plus vers le ciel ;

Et dans le sein des fleurs, l'abeille diligente
Ne va plus recueillir et la cire et le miel !

Jadis tout respirait le bonheur et la joie,
Et tout à la douleur maintenant est en proie !...

Maintenant et Jadis.

(FRAGMENT).

La nature jadis, comme une tendre mère,
Répandait ses trésors sur ses nombreux enfants;
Mais aujourd'hui, marâtre austère,
Elle a cessé pour nous de verser ses présents.

Sur la terre glacée, hélas! la neige tombe,
Le ciel est recouvert d'un manteau nébuleux,
Et dans le bois désert, la timide colombe
Ne gémit plus ses accents langoureux.

Aux rayons du soleil, le vieillard centenaire
Ne va plus réchauffer ses membres tremblotants ;
Et dans les prés fleuris, le jeune poitrinaire,
    Se berçant de rêves brillants,
    Ne vient plus d'un air salutaire
    Nourrir ses poumons languissants.

Tout est silencieux, triste dans la nature ;
Elle offre, hélas ! partout l'image du trépas !
Et les champs, dépouillés de fleurs et de verdure,
Comme d'un blanc linceul sont couverts de frimas...

A travers les vitraux de la chapelle antique,
    Et contre le clocher gothique,
    Le vent mugit avec fureur,
    Et le passereau solitaire
Trouve à peine un refuge, un abri protecteur
Dans le feuillage épais du cyprès funéraire.

Naguère on entendait l'alouette chanter
Et monter en chantant jusqu'au sein des nuages,

Et le coursier hennir, et la brebis béler
Au milieu des gras pâturages.

Jadis vers le ciel
La rose brillante
Avec grâce élevait sa corolle odorante,
Comme pour louer l'Eternel !

Les doux zéphyrs jouaient à travers le feuillage,
Les oiseaux gazouillaient leur ravissant ramage,
Et, caché sous le foin, le timide grillon
Bruyamment répétait sa stridente chanson.
La nature partout apparaissait riante,
Et portait dans les cœurs une joie innocente ;
Le malade semblait oublier ses douleurs,
Et l'indigent alors n'osait verser des pleurs.

Mais maintenant, dans sa chaumière
On entend le pauvre gémir ;

Il se sent accablé du poids de sa misère,
Et si la charité ne vient le secourir,
Et de froid et de faim bientôt il va mourir !...

On n'entend maintenant que des chants de tristesse ;
Jadis on n'entendait que des cris d'allégresse !...

Léonidas

ET LES TROIS CENTS SPARTIATES.

Où vont donc ces guerriers au visage joyeux,
A la démarche altière, au port majestueux?
Courent-ils disputer quelque prix dans la lice?
Vont-ils à Jupiter offrir un sacrifice?
Ou se préparent-ils à de riants festins?
Non; mais ce sont trois cents Lacédémoniens
Qui vont pour protéger leurs libertés civiles,
Et sous Léonidas mourir aux Thermopyles!

Grèce, ne tremble point! N'as-tu pas enfanté
Des guerriers qui sauront venger ta liberté?
Vainement de Xercès l'armée incalculable
Croit par ses cruautés se rendre formidable;
Nous avons des héros, dignes de Marathon,
Qui pùniront bientôt sa folle ambition.

Léonidas, brûlant du désir de la gloire,
Vole aux champs de la mort ainsi qu'à la victoire;
Et lorsque de la nuit les voiles ténébreux
Ont été répandus sur les Grecs valeureux,
L'illustre chef alors rassemble son armée,
Ses trois cents compagnons : « La Grèce est menacée,
Mes amis, leur dit-il; l'extravagant Xercès,
Fier de ses bataillons, nous croit déjà défaits.
Sous son glaive de fer réduirait-il la Grèce?
Esclaves, nous! des Grecs!... Aurions-nous la bassesse
Sous le joug d'un tyran de courber notre front?
Mânes de nos aïeux, plaines de Marathon,
Verriez-vous sans frémir les Grecs chargés de chaînes,
Et le Perse cruel, assouvissant ses haines,
Détruire nos remparts, immoler nos enfants,
Flétrir et massacrer nos épouses, nos mères!

Et nous, guerriers vaillants,
A qui la Grèce a dit : Défendez mes frontières,
Oserions-nous paraître indignes de son choix ?
Non ! que notre valeur et nos brillants exploits
Fassent trembler Xercès et toute son armée ;
Et que ce lieu qui va nous servir de tombeau,
Soit l'immortel témoin d'un dévoûment si beau !... »

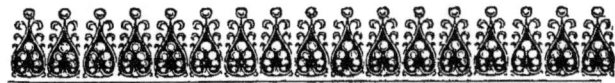

LA MÈRE CHRÉTIENNE.

Repose, mon enfant, sous la pierre bénite ;
Repose en paix, ma chère Marguerite !

Oh! qu'il est doux pour moi! qu'il m'est doux chaque jour
D'aller prier avec amour
Sur ta modeste tombe,
Tendre colombe !
Oh! qu'il est doux pour moi, qu'il est doux pour mon cœur
D'arroser le saule-pleureur
Qui de son ombre tutélaire
Couvre la pierre funéraire
De ton tombeau,
Auprès duquel chante l'oiseau!

Oh! qu'il est doux pour moi de cueillir quelques roses
A peine écloses,
Et de les effeuiller tout autour de la croix
De bois
Qui surmonte ta tombe,
Modeste colombe!
Oh! qu'il est doux pour moi! quel charme pour mon cœur,
De penser que ton bonheur,
Mon cher ange,
Dans le ciel
Est sans mélange,
Est éternel!

Repose, belle enfant, sous la pierre bénite,
Repose en paix, aimable Marguerite!

Hélas! quand je vois folâtrer
Sur le feuillage
Les compagnes de ton jeune âge,
Je me détourne pour pleurer!
O ma fille,
Si gentille,
Mon cher enfant,
Qui peut alors comprendre mon tourment?

Mais aussi, quand je considéré
Combien l'existence est amère
Sur cette terre de douleurs,
Je sens bientôt tarir mes pleurs.

Jouis, jouis donc, ô mon ange !
Jouis du bonheur éternel !
Jouis ! le bonheur sans mélange,
Tu ne pouvais l'avoir qu'au ciel !

Repose, douce enfant, sous la pierre bénite;
Repose en paix, pieuse Marguerite !...

LE

Recueillement.

Pardonne, Dieu puissant, si jamais dans ma vie
Mon cœur en murmurant a blâmé tes desseins ;
Pardonne à mon erreur ! oui, j'étais un impie
Qu'auraient dû foudroyer tes mains.

En voyant la richesse
Fouler la pauvreté ;
En voyant la jeunesse,
Pleine de vanité,
Mépriser la vieillesse,
Je me disais sans cesse :

« Quoi ! la main vengeressc

De la Divinité

N'a pas déjà frappé ,

Dans sa juste colère,

Ces cœurs d'iniquité ?

Le soleil les éclaire

De sa vive clarté !...

Quoi ! le méchant prospère

Et n'est point arrêté

Dans sa longue carrière ?

Quoi donc ! l'impiété

Lève sa tête altière

Et brave avec fierté

La puissante colère

De son Dieu courroucé !... »

Mais enfin , ô Seigneur ! le bras de ta justice

A frappé pour toujours ces coupables mortels ;

Ils ont connu trop tard le fatal précipice

Où commencent pour eux les tourments éternels.

Et moi , plein de douleur et rempli de tristesse ,

Je reconnais enfin ta divine équité ;

A mes vaines clameurs succède l'allégresse !

Je vois l'éternité :

Eternité ! mot redoutable,
 Qui me fais palpiter d'effroi ;
 Sans toi, l'univers périssable
 Bientôt ne voudrait plus de loi.
Tu fais trembler l'audacieux impie,
Le libertin , jusqu'au sein des plaisirs ,
Et le mortel consumé par l'envie,
Dont tous les jours sont tissus de désirs.

O sainte Eternité ! grand , étonnant mystère,
 Je te révère ;
Tout me rappelle en toi la sublime grandeur
 Du Créateur ;
Tu fais goûter au juste une paix fort profonde
 Dans l'autre monde.

Cette sécurité que cherchent, mais en vain ,
Les hommes corrompus dans un bonheur mondain,
Un jour je la goûtai. . . . .
. . . .
Rêveur, silencieux , agité par un trouble
Inconnu jusqu'alors , je marchais à grand pas ;
J'approche d'une église et ma terreur redouble ;
J'en veux franchir le seuil , mais je ne l'ose pas.

10

Du monument sacré je contemple l'enceinte ;
Mon âme réfléchit, s'épure, s'agrandit ;
L'espoir naît en mon cœur, et je franchis sans crainte
Ce seuil qui me semblait pour toujours interdit.

. . . .

Ainsi, dans le creuset,
L'or qui se purifie
Devient brillant et net...

Rempli d'un saint respect, mes pieds frappent les dalles
Du monument antique, où de pieux mortels,
Humblement à genoux sur les degrés des stalles,
Priaient Dieu, l'invoquaient au pied de ses autels.

Ce n'était point le luxe étalant avec faste
Ses robes, ses bijoux, ses riches diamants ;
C'était la piété, vierge modeste et chaste,
Brillant de ses seuls ornements.

La vile hypocrisie,
Aux soupirs affectés,
Etait alors bannie
De ces lieux vénérés.

Du cœur vraiment chrétien c'était la voix touchante,
Les sublimes accents, l'accord mélodieux ;
O repentir sincère, ô prière fervente,
    Vous montiez jusqu'aux cieux !

Et moi, pendant ce temps, j'étais dans le silence ;
Je ne croyais plus être un malheureux mortel ;
Dans mon ravissement, mon bonheur fut immense :
    Sur la terre j'avais le ciel !...

Le bonheur de ce monde
Est semblable à l'Autan
Quand il agite l'onde ;
Lorsqu'il est violent,

La mer n'est soulevée
Que pendant un moment,
Dans la plaine éthérée,
Quand gronde l'ouragan,
Plus l'éclair est brillant,
Moins il a de durée.

. . . .

. . . .

Comme un léger nuage emporté par le vent,
S'évanouit ma joie au bruit d'un glas qui sonne.
Mon extase a cessé, je suis encor vivant...
De mes pas incertains la vaste nef résonne.

Je quitte enfin ce lieu de bonheur et d'espoir,
Où le pieux chrétien goûte une paix profonde;
Mais je promis à Dieu de venir chaque soir,
Le prier, l'invoquer, loin des plaisirs du monde.

Le Mois de Mai.

C'est le temps
Où le chantre du printemps
Sous le feuillage
Gazouille son ramage,
Murmure avec bonheur sa gentille chanson.

C'est la saison
Où la nature
Etale à foison
Des tapis de verdure ;
Où les fleurs
Aux fraîches couleurs
Brillent sur leurs tiges ,

Embaument les airs
De parfums divers,
Où mille prodiges
Ravissent les yeux,
Nous rendent joyeux.

C'est le temps où l'hirondelle
Frôle de son aile
La surface de l'eau;
Maintenant près du ruisseau,
Dont l'onde pure
Murmure,
Le papillon
De tige en tige
Voltige
Comme un tourbillon.

C'est le temps où le grillon,
Sous l'herbe de la prairie,
Dans la luzerne fleurie,
Fait entendre sa chanson
Jusqu'aux jours de la moisson.

C'est le temps où le poète
Reprend sa lyre muette ;
C'est le temps
Où le chantre du printemps
Dans l'épaisseur du bocage
Chante son joli ramage.

La Fin du Monde.

Les siècles ont coulé, l'éternité s'avance !
Et le Seigneur bientôt, dans sa juste balance,
Jugera les humains rassemblés devant lui.
Oh ! de l'impiété déjà le jour a lui !
La licence en tous lieux lève sa tête altière,
Et les plus grands excès couvrent la terre entière.

La violence est mise à la place du droit ;
Au fond de tous les cœurs l'égoïsme s'accroît ;
Et la haine et l'envie, hélas ! comme une peste,
Répandant les torrents de leur poison funeste,
On ne voit plus partout que des dissensions,
Des meurtres, des combats, des conspirations !

Il n'est plus d'amitié, d'attachement sincère !

La sœur plonge un poignard dans le sein de son frère ;

Victime des fureurs de son cruel époux,

L'épouse, jeune encor, tombe et meurt sous ses coups

Et l'enfant, le dirai-je !... ô forfait exécrable !

Sur l'auteur de ses jours porte une main coupable !

Qui peut de vos conseils scruter la profondeur,

O mon Dieu ! Dans ces jours de trouble et de malheur,

L'impiété, levant sa tête menaçante,

Pour semer en tous lieux le deuil et l'épouvante,

Appelle à son secours ses plus forts instruments :

La persécution, les faux enseignements.

Fils impurs de la honte et du libertinage,

Des hommes gangrenés, au doucereux langage,

Répandent à l'envi les dogmes de l'erreur ;

Prophètes de Satan, écrivains sans pudeur,

Ils soufflent en tous lieux les feux de la luxure ;

Leur bouche est un volcan qui vomit la souillure !

Tout à coup, au milieu de ces iniquités,
Un monstre humain paraît !... O tyrans redoutés ,
Cruels persécuteurs de la religion sainte,
Qui trois siècles durant inspirâtes la crainte,
Vous dont le cœur impie enfantait tant d'horreurs ,
Vos fureurs ne sont rien auprès de ses fureurs !

L'Antéchrist est son nom , son nom est un blasphème !
Cet homme de péché , cet esprit d'anathème,
Employant tour à tour la ruse et la terreur,
L'appareil des tourments , l'éclat de la grandeur,
Fascine à volonté les nations entières ,
Fait gémir l'univers sous ses lois meurtrières !

Il parle en dictateur , ce suppôt de l'enfer !
Il commande , et déjà l'on voit briller le fer ;
Des brasiers vers le ciel les flammes pétillantes
S'élèvent aussitôt horribles , menaçantes !
Ici je vois des grils , plus loin, des chevalets ;
Ici, c'est une roue , et là, ce sont des fouets.

Qu'allez-vous devenir, âmes vraiment chrétiennes ?
Au funeste torrent des passions humaines
Pourrez-vous résister? Oui, oui, consolez-vous!
Il a vu vos combats, votre céleste époux;
Vous ne périrez pas au fort de la tempête;
Bientôt un diadème ornera votre tête !

Hier il était debout, glorieux, triomphant,
De la destruction le terrible géant !
Mais il tombe aujourd'hui, frappé par la puissance
De Jésus-Christ! il tombe, et cette chûte immense
Annonce à l'univers que le temps va finir,
Et que Dieu va bientôt couronner ou punir.

On aperçoit déjà dans les globes célestes
Des signes effrayants, des prodiges funestes;
Sur la terre déjà, la colère de Dieu,
Pour punir les méchants, se répand comme un feu;
Et les flots de la mer, franchissant leurs limites,
Menacent d'engloutir les nations maudites.

La terre a chancelé jusqu'en ses fondements ;
Des volcans embrasés vomissent leurs torrents
De soufre et de bitume, et l'air de l'atmosphère
Est chargé de vapeurs au venin mortifère ;
Et l'Ange de la mort, l'Ange exterminateur,
Plane sur l'univers plongé dans la stupeur.

Une affreuse douleur partout se manifeste ;
La nature est en deuil, et le courroux céleste
Frappe l'homme d'abord, et puis les animaux ;
Dieu verse sur la terre un déluge de maux ;
A sa clémence enfin succède sa justice,
Et sa justice veut que l'univers périsse !

L'on n'entend plus partout que des gémissements,
Des plaintes, des sanglots, des cris , des hurlements !
Oh ! que vos jugements , Seigneur, sont équitables !
Pour les cœurs endurcis, oh ! qu'ils sont redoutables !
Vous frappez !... votre bras imprime la terreur,
Et les peuples entiers ont séché de frayeur !...

Le soleil s'agite
Et roule sanglant;
Dans le firmament,
La lune plus vite
Décrit son orbite
Comme un astre errant !

D'horribles comètes
Brisent les planètes
Par leur choc fougueux,
Et du haut des cieux
Tombent les étoiles,
Couvertes de voiles,
De signes affreux !

La terre tressaille
Dans ses fondements,
Et les éléments
Se livrent bataille
Jusque dans son sein ;
D'effrayants orages
Eclatent soudain ;
D'immenses nuages
Aux ailes de feu,

Sinistres présages
Du courroux de Dieu,
Vomissent la foudre,
Les calamités,
Réduisent en poudre
Les bourgs, les cités !

De son trône immonde
Satan en fureur
Lance dans le monde
L'effroi, la terreur ;
Un désordre extrême
Agite les mers ;
O crise suprême
Pour tout l'univers !
Au fond des enfers,
Lucifer lui-même
Pâlit à son tour ;
Car c'est là le jour,
Le jour redoutable,
Grand, épouvantable,
Où l'ire de Dieu,
Qui brûle et consume,
Répand en tout lieu
Ses flots d'amertume !...

Tout-à-coup, au milieu de la commotion
Qu'éprouve l'univers à cette heure suprême,
Un étendard paraît, brille sur l'horizon !
C'est l'étendard sacré, c'est la croix elle-même,
Le gage du salut, le signe rédempteur
Qui fait l'espoir du juste et l'effroi du pécheur !

Les peuples aussitôt, terrassés d'épouvante,
Poussent un cri lugubre, un long gémissement !
Inutiles regrets !... La flamme dévorante
Les enveloppe, hélas ! comme d'un vêtement ;
La terre est un brasier allumé par Dieu même,
Pour punir les méchants à ce moment suprême !

O scène déchirante ! ô spectacle inouï !
Jour de deuil et d'horreur ! ô jour épouvantable,
Où la terre, les cieux, tout semble évanoui !
Jour cruel qui jamais n'avait eu son semblable !
Jour, le dernier des jours ! jour où l'impiété
N'aperçoit que des maux et que l'Eternité !

Aux cris des animaux, aux éclats de la foudre,
Au bruissement des mers, au sifflement des vents,
Au bruit confus du feu qui réduit tout en poudre,
Se mêlent les sanglots, les plaintes des mourants !
Le désordre est partout, et la nature entière
Semble s'anéantir en ce jour de colère !

LE POËTE MOURANT.

Le platane jaunit et je jaunis aussi ,
Et comme lui déjà je touche à mon automne ;
Son feuillage, arraché par un souffle ennemi,
Tombe sur le gazon pour être enseveli ,
Tombe et produit un bruit lugubre , monotone.

Et pour moi n'est-ce pas un prélude de mort ?
    Hélas ! chaque feuille qui tombe
    Me redit : « tel sera ton sort ! »
    Ah ! j'aimerais la vie encor,
Et peut-être demain je serai dans la tombe !
. . . .
. . . .

11

Adieu , bois que j'aimais , adieu , verte prairie ,
Silencieux ombrage et limpide ruisseau !
Adieu , champêtre toit où je reçus la vie!
Je meurs, et je sortais à peine du berceau !

Mais avant de mourir je viens vous voir encore ,
Arbres majestueux , pour la dernière fois ,
Ecoutez Edouard mourant à son aurore ;
Aujourd'hui seulement vous entendrez sa voix !

Ce soir, quand le soleil s'élancera dans l'onde ,
Quand pour nous ses rayons , commençant à pâlir ,
Iront porter la vie au sein d'un autre monde ,
Mon âme le suivra pour ne plus revenir !

L'Automne étalera vainement ses largesses ,
Le Printemps ses beautés et l'Eté ses richesses ,
Mes yeux ne verront plus les champs couverts d'épis ,
Ni la prairie en fleurs , ni le doux coloris

Des fruits qu'à pleines mains vous versera l'Automne ;
Ah ! jamais le front ceint d'une fraîche couronne ,
Sous mes pieds bondissants , à l'ombre de l'ormeau,
Je ne foulerai plus l'herbe de la prairie ;
Toujours sera muet mon léger chalumeau,
Et les rustiques sons de ma lyre chérie
Ne réjouiront plus les bergers du hameau !

. . . .
. . . .

Et je n'entendrai plus le rossignol chanter,
Et le taureau mugir dans les vertes campagnes ;
Je ne te verrai plus , leste chèvre, grimper
Sur les rocs escarpés de nos hautes montagnes !

. . . .

Mon œil ne verra plus les cieux brillants d'étoiles,
Ni sur les eaux du lac , par un beau soir d'été ,
Le cygne déployant, comme de blanches voiles,
    Son plumage argenté !

Et tandis que Daphnis et l'aimable Cloré ,
Jouiront de la joie et des plaisirs du monde ;
Edouard dormira sous le marbre glacé ,
    Au sein d'une solitude profonde !

Ami de mon enfance, ô mon cher Mirtilé ,
Si notre âge est égal, que notre sort diffère !
Souviens-toi quelquefois de ma vive amitié ,
Et donne quelques pleurs à ma froide poussière !

O ma mère , ma mère ! ah ! que vont devenir,
    Pour ton enfant qui va mourir,
Ces rêves de bonheur, cette douce espérance
Dont ton cœur se berçait en pensant à ton fils ?
Ton fils sera tranquille , et toi dans la souffrance !...
O mon père ! ô ma sœur ! ô mes parents chéris !
Puissiez-vous être encore heureux sur cette terre!
    Car notre vie est éphémère,
    Et dans sa course meurtrière
    La mort vient souvent nous troubler ;
    Elle est une vapeur légère
    Que le vent entraîne après soi.
Elle est... Qu'entends-je ?... oh ciel! n'est-ce pas le beffroi
    Qui sonne mon heure dernière !

O ma mère , bientôt tu ne me verras plus !
Bientôt tu n'auras plus qu'à gémir sur ma tombe ,

Comme gémit une colombe
Sur les petits qu'elle a perdus !
Qu'ils étaient fortunés ces moments de ma vie ,
Où ton cœur palpitant pressait mon jeune cœur !
Tu me disais alors d'une voix attendrie :
« Tu fais ma joie et mon bonheur ! »
Qu'elle fut heureuse ma vie !
Comme les eaux de la prairie ,
Mes jours ont doucement coulé ;
Mais la souffrance a tout troublé.

. . . .

Hélas ! la mort va mettre un terme à mes douleurs :
L'arbre n'a plus de feuille, et moi, plus d'espérance !
Je suis déjà fané comme toutes les fleurs
Qu'un même jour voit naître et mourir en silence.

O soleil radieux ! astre vivifiant !
Je t'ai vu ce matin, encore à ton aurore ;
Mais peut-être ce soir, ce soir à ton couchant,
Ne brilleras-tu plus pour le frère d'Isaure !

. . . .
. . . .

Mon père, qui sera l'appui de ta vieillesse !
   Douce colombe exposée au vautour,
Belle fleur que le vent peut flétrir en un jour,
Ma sœur, qui veillera sur ta tendre jeunesse !...
. . . .

Et vous, mes chers amis, les échos de mon âme,
Bientôt vous verserez des pleurs sur mon tombeau.
Je pouvais autrefois, avec des mots de flamme,
Parler de l'amitié, de ce lien si beau;
Mais maintenant ma voix pour toujours va s'éteindre,
Elle chante aujourd'hui son dernier chant de mort :
Quand le cygne comprend que la mort va l'atteindre,
Il élève la voix, et pour toujours s'endort.

   Oiseaux sacrés, charmantes hirondelles
   Dont les doux chants apaisaient mes douleurs,
   Ah ! désormais vos chansons les plus belles
   Ne pourront plus m'éveiller... car je meurs !
. . . .

Quand le Printemps, l'agréable Printemps,

Aux fleurs rendra leur brillante parure;

La voix au rossignol, aux forêts la verdure,

L'herbe aux jeunes agneaux et les moissons aux champs,

Vous reviendrez visiter ma chaumière;

Mais pour toujours,

Plus de beaux jours !

Ma chaumière, ma chère chaumière !

Bientôt tu seras solitaire !

. . . .

. . . .

Oh ! si ma voix pouvait se ranimer encore !

Si ma lyre pouvait moduler des accents,

Ce n'est pas aux héros que l'univers honore

Qu'elle consacrerait ses timides talents !

Je n'irais point encenser la fortune,

Louer le vice et flétrir la vertu ;

Mais je répèterais d'une voix importune,

Au riche de pourpre vêtu :

« Vois-tu ce mendiant ? n'est-ce pas là ton frère?...

Ah ! viens soulager sa misère ;

Ecoute son humble prière,

Il n'a pas de quoi se nourrir ;
Si tu ne viens le secourir,
Ce soir, peut-être, il va mourir !
Sois donc pour lui comme un Dieu tutélaire !
Ce qu'on sème ici-bas, dans un autre séjour
On le recueille un jour. »

« Souffre patiemment les maux que Dieu t'envoie,
Dirais-je au malade, au mourant;
Pour des peines d'un jour, pour des maux d'un instant,
Dieu te fera goûter une éternelle joie. »
Je dirais au superbe : « Abaisse ton orgueil ;
Car tes projets, ton savoir, ta puissance,
Bientôt, à l'aspect du cercueil,
S'évanouiront en silence ! »

Sainte Religion, céleste Providence,
Qui veilles sur tous tes enfants,
Ah ! que ne puis-je encor vous consacrer mes chants !...

Mais l'airain a sonné... Pour moi plus d'espérance !
De trois fois six printemps j'ai vu les jours sereins
Eclairer en fuyant mon heureuse existence;
J'aurais encore pu... Que peuvent les humains !... »
Et sous ses doigts tremblants, la lyre du poète
Se tut .. et pour toujours elle resta muette !...
Cygne mélodieux, à l'instant de sa mort,
Avant de s'endormir, Edouard chante encor.

Ainsi pendant l'hiver, suspendu près de l'âtre
    De la veuve ou de l'indigent,
Le fumeux lampion, à la clarté rougeâtre,
    S'éteint et s'éteint lentement.

Il brille tout à coup d'une vive lumière;
Cet éclat passager est un éclat trompeur,
C'est l'éclat de la mort, la torche funéraire...
Bientôt l'obscurité succède à la lueur.
. . . .
. . . .
. . . .
. . . .

Et maintenant le voyageur

Qui traverse cette vallée,

Sent bientôt attendrir son cœur,

En voyant une croix placée

Au pied d'un lugubre coteau;

Il fléchit le genou sur l'humide tombeau ,

Se recueille un instant au fond de sa pensée ,

Contemple avec respect les deux saules-pleureurs

Qui de leurs rameaux protecteurs

Ombragent la pierre isolée ,

Et sur le triste mausolée

Verse une larme au lieu de fleurs.

TABLE.

TABLE

DES

PIÈCES CONTENUES DANS CE VOLUME.

Deuxième Partie.

FIN DE LA TABLE.